与太郎侍　江戸に花咲く

井川香四郎

集英社文庫

目次

与太郎侍

―江戸に花咲く―

第一話

子返し天神

一

まだ夜も明けぬのに、日本橋新右衛門町《にほんばししんえもんちょう》の〝おたふく長屋〟では、住人たちがぞろぞろと起き出してきて、ざわついていた。

「なんだよ、またかよ。ちっとも眠れねえじゃねえか」

「いい加減にして欲しいなあ、もう」

「大家は何やってやがんだ。てめえもここで寝てみろってんだ」

「仕事に差し障るんだよ。ああ、苛々《いらいら》してくる、こんちくしょうめが」

などと井戸端に集まって来ているのは、大工の松吉《まつきち》、左官の亀助《かめすけ》、飾り物職人の弥七《やしち》たちである。

「与太郎《よたろう》の旦那。起きて下さいよ、ねえ」

「毎日毎日、あんただけ気持ちよく寝てるって法はねえでしょうが」

太い腕でガタガタと表戸を揺すりながら、松吉が怒鳴り声を上げると、隠居の安兵衛《やすべえ》が部屋からのっそりと顔を出して、

「おまえさんたちの声の方が頭に響くがね」

と言った。

「ご隠居。あんたや無職の息子は働いてねえからいいけどね、こちとら日が上がったら仕事に出かけて、日暮れまで働きずくめなんだ。寝不足じゃ体が持たねえんだよ」

松吉が言い返すと、亀助も大きく頷《うなず》いて、

「カミさんたちだって毎日、眠たい目を擦《こす》りながら、朝飯を炊いてるの知ってるだろうが。働いてねえ奴《やつ》に邪魔されたくねえんだよ」

と追い打ちをかけた。

江戸の朝炊き、上方《かみがた》の昼炊きと言われるが、夜明けとともに亭主が働きに出られるように、女房たちは暗いうちから火を熾《おこ》して、炊《かし》ぎの煙を上げるのである。夏が近い今頃だからまだいいが、冬場は凍るような寒さの中で、家事とはいえ大変な労力である。

ガタガタと松吉がさらに表戸を揺すったり叩《たた》いたりしていると、隣に住んでいる浪人者の逢坂錦兵衛《おうさかきんべえ》と娘の加奈《かな》も出てきた。逢坂は古巣の武蔵片倉《むさしかたくら》藩に再仕官していたが、酒癖の悪さで失敗して浪人暮らしに戻っていたのだ。

「まあまあ、皆さん。与太郎さんも疲れているのでしょう。この数日はずっと、深川《ふかがわ》の方まで出向いて普請人足の世話をしていたし、身寄りのない子供らに読み書きを教えて、一緒に遊んでやったりしてたんだから」

逢坂が庇《かば》って言うと、加奈も後押しするように、

「しかも何の手当てもなく、与太郎さんはしているのです。町内の祝儀不祝儀も惜しみなく手伝ってくれてますし、町火消と一緒になって夜廻《よまわ》りまで……」

「知るけえ。逢坂の旦那も未《いま》だに仕官もせずにぶらぶらと、いいご身分で」

日焼けした顔の松吉が皮肉っぽく言うと、亀助も調子に乗って、

「そうだ、そうだ。こちとら、てめえらみてえに遊び半分でやってんじゃねえやな」

と毒づいた。

その騒ぎの間にも、与太郎の部屋の中からは、ガーガー、グウグウ、グガガガ、ゴグガガガアと鼾《いびき》が繰り返されている。

「ああ、もうたまらねえッ」

と松吉が蹴倒そうとしたとき、木戸口《きどぐち》に近い部屋から、町医者の松本順庵《まつもとじゅんあん》が「これ、これ、よしなさい」と近づいてきた。松吉たちを押しやるように両手を掲げて、

「たしかにうるさいが、もしかしたら病かもしれぬ」

「や、病……？」

「さよう。酔っ払ったり、風邪の時ならあまり案ずることはないが、そうでない鼾は寝ているようで実は寝不足でな、暮らしに支障をきたすのじゃ」

「その前に、こっちが参っちまわあ」

「鼾の原因というのは色々あるが、喉の扁桃《へんとう》が腫れたときや〝喉ちんこ〟が大きい奴はなり易《やす》い。鼻炎で鼻が詰まったり、鼻の骨が曲がってる人、肥《ふと》ってる者なんかは、寝ている間に無呼吸といって、息ができなくなることもある。だから、放っておいたら死ぬかもしれぬからな」

「だったら、早く助けてやれよ」

今度は俄《にわか》に心配になったのか、松吉たちは表戸をこじ開けてでも様子を見てやれと順庵に迫った。その時、「ウグッ」と藻掻《もが》くような声がしてから、与太郎の鼾がピタリと止まった。しばらく静寂が戻ったが、

「お、おい……息が止まったんじゃねえか」

と不安げに松吉は部屋に戻って、鑿《のみ》を持って来ると表戸を開けようとした。

そのとき、内側からガラッと表戸を開いて、与太郎が出てきた。寝起き顔で総髪は乱れており、いつもの公家《くげ》のような面立ちで、

「ふああ……よく寝たア……」

と気持ち良さそうに背伸びをしてから、目の前にいる長屋の連中の顔を見た。

「おまえたちも早起きだな。まだ暗いうちから仕事に出かけるのか。感心、感心……俺も体を動かすのは好きだが、箱根《はこね》の山奥と江戸ではどうも勝手が違ってな、足腰が痛い、アハハ」

箱根権現近くの山中で、幼い頃からずっと祖父とふたりで暮らしてきた田舎者である。とはいえ、小田原《おだわら》藩の支藩である荻野山中《おぎのやまなか》藩・家老の子孫であり、時と場合によっては藩主にもなる身分で、本来は古鷹恵太郎《こたかけいたろう》という立派な名がある。

いや、今も身分はちゃんとした武家で、まだ二十歳過ぎでありながら、荻野山中藩の江戸家老という重職である。しかし、箱根の山猿と称する身としては、窮屈な武家屋敷暮らしが性に合わず、逢坂父娘《おやこ》や大家で小料理屋『蒼月《そうげつ》』の女将《おかみ》・お恵《けい》と縁があって、この裏長屋で起居することになった。その際、お恵と重なるから、「与太郎」と呼ばれるようになったが、この名前はかの二宮尊徳《にのみやそんとく》が「人々に幸せを与える」ということから命名し、家老としての正式名も与太郎になってしまったのだった。

「与太の旦那……本当にあんたは与太者もいいところだな」

松吉が顔を突きつけると、与太郎は首を傾《かし》げて、

「む？　みんな揃《そろ》って何かあったのか。順庵先生まで……この流行病《はやりやまい》でまた町内の御老体の具合が悪くなったのかな」

「旦那はよく眠れたようですがね、こちとら頭痛と胃の辺りがムカムカしてまさあ」

「それはいかんな。順庵先生、きちんと診てやらないと、誰かのがうつったのかもしれぬぞ。大変だろうが、仕事は休んだ方がいい」

心から心配そうにみんなを見廻す与太郎に、松吉や亀助はもう何も言う気がしなくな

った。それぞれの部屋から女房たちも寝惚け眼《ねぼけまなこ》で出てきて、「おはよう」と声を掛け合いながら井戸水を汲《く》み上げ、朝餉《あさげ》の仕度に取りかかるのであった。

うっすらと東の空が明るくなるのを見上げて、与太郎は柏手《かしわで》を打って、

「今日もよい天気になりそうだ。みんな働き者だけど、無理をするなよ。体が〝堅固〟が一番だからな。俺も松吉たちに負けぬよう頑張らないとな、アハハ」

と屈託のない笑顔で言った。

「――ったく……悪気がねえってのが、一番タチが悪いぜ」

松吉が呟《つぶや》くと亀助も相槌《あいづち》を打ったが、かみさん連中は文句のひとつも垂れず、当たり前のように働き始めるのであった。

日本橋はまさしく江戸の中心で、行商人や人足が牽《ひ》く荷車などが、今日もごった返していた。そのざわついた町の真ん中に、与太郎は立っていた。

長屋からは目と鼻の先である。どっと押し寄せてくる人の壁にも慣れたように、ひょいひょいと避《よ》ける。江戸に来て三月が過ぎるが、当初は棒立ちで見ているだけで、時には胸を摑《つか》まれ、肘で横腹を突かれ、

――これが生き馬の目を抜くという大江戸日本橋か。

と啞然《あぜん》となっていたものである。

だが、この怒濤《どとう》のように流れている人の波が、与太郎には少しずつ快感になっていた。凜《りん》とした目だが、茫洋《ぼうよう》とした感じもあり、なんとも捉えどころのない態度の与太郎に、「邪魔だ、どけ!」「危ないじゃねえか!」「怪我《けが》するぞ、おらおら!」と飛んでくる激しい怒声にも、与太郎は慣れてしまって、人の流れを上手《うま》く避けながら、日本橋の真ん中辺りまで来るなり、

「うおおッ! これぞ日本一!」

と往来する人たちが吃驚《びっくり》して立ち止まるほどの大声を上げた。

これが日課である。隅田川《すみだがわ》の両岸には、黒屋根に白壁の土蔵が連なっており、俵物などを山のように積んだ川船が何十艘《そう》も往来している。船着場では大勢の人足が船荷の積み卸しに汗を流していた。その向こうには立派な松並木に囲まれた江戸城の櫓《やぐら》が眺められる。さらに遥《はる》か遠くの青空には、夏でも冠雪を戴《いただ》いた富士山《ふじさん》が聳《そび》えている。

「さすがは江戸一番の繁華な町だ。いつ眺めても絶景だあ!」

役者のように大仰な声を発すると、通りかかった行商人たちも思わず立ち止まって、与太郎と同じような溜息《ためいき》をついていた。

だが、人混みの中にポツンと浮かない女の顔が、与太郎の目に飛び込んできた。

年の頃は還暦くらいであろうか。手っ甲脚絆《きゃはん》の旅姿であるが、どこぞの商家の内儀のような上品な風貌だった。江戸は初めてなのか、与太郎がそうであったように、往来す

る人の多さに狼狽《ろうばい》し、江戸の風景を楽しむ余裕もなさそうであった。

さりげなく見ていた与太郎は、その内儀風と目が合った。途端、地獄に仏でも見つけたように近づいてきて、

「あの……この辺りに、子返し天神という神社はありませぬか」

と訊《き》いた。

与太郎とて江戸にきてまだ時が経《た》っていないが、江戸っ子に見えたのであろうか。あるいは暇そうな人間に思ったのであろう。どこか切羽詰まったように、「分かりませんか」と繰り返した。どうやら何人かに尋ね続けていたようだが、「こちとら忙しいんでえ」という人が多かったという。

「たしかに、江戸ではろくに道も教えてくれぬな。俺も不親切だなあと思ってたがね……ほら、江戸城の櫓の遥か遠くに見える富士山……こりゃ気持ちが浮き浮きしてくるだろう」

箱根の山に長年住んでおり、東海道《とうかいどう》から来る道中、何度も振り返った富士山だが、江戸から眺める勇姿は格別であった。

「は、はあ……」

内儀風は困惑したように与太郎を見ていた。呉服問屋や薬種問屋、油問屋など大店《おおだな》が軒を連ねる町並みとは相容《あいい》れない雰囲気の与太郎の姿に、

――ちょっと、おかしな人かな……。

と内儀風は思ったのか、軽く礼をして立ち去ろうとした。

すると、与太郎は通りかかった人に、

「あのさ、子返し天神って何処《どこ》にあるか知らぬか」

次々と声を掛け始めた。返ってくるのは、知らないという声ばかりだったが、与太郎はまるで子供のように、来る人来る人に食らいつくように何度も繰り返した。だが、

「子返し天神……はて、そんな神社は聞いたことがないねえ」

と首を傾げられるだけであった。

江戸には迷子が随分、多かった。そのため子供を失う両親も少なくなかった。よって、〝迷子案内所〟のような所が、江戸市中には何カ所かあった。日本橋でも袂《たもと》に設けられていた。一方、幼子には迷子札を帯などに付けさせて、何処の誰なのか分かるようにしていた。

「もしかしたら、迷子札番所のことかもしれないねえ」

通りすがりの者から聞いた与太郎は、

「迷子札番所……？」

と訊き返した。

「自身番に行って尋ねるのが早いと思うけどな」

「だよなあ」

　間の抜けた話を交わしてから、与太郎は当然のように内儀風を日本橋の袂近くにある自身番に連れていった。

　北町《きたまち》奉行所定町廻《じようまちまわ》り同心・円城寺左門《えんじようじさもん》と岡っ引の紋七《もんしち》がふたりして、暇そうに鼻くそを穿《ほじ》っていた。円城寺はまだ三十歳前なのに太鼓腹であり、紋七はかなりの年寄りである。円城寺の親父《おやじ》の代から使っている岡っ引だそうだが、顔つきはならず者も震えるほど厳《いか》つかった。

「なんだ、与太郎の旦那か。相変わらず暇そうだな」

　円城寺が悪態をついた。これまでも幾つかの事件で、与太郎には世話になっているのに、感謝するどころか、田舎者と小馬鹿にしている。むろん、さる藩の江戸家老であるという噂《うわさ》は承知しているはずだが、心の中ではまったく信じていなさそうだった。

「もしかしたら、楓川《もみじがわ》天神のことじゃねえか」

　紋七が言うと、円城寺が「そうだな」と頷いた。

　天神信仰は、元々は雷神信仰のことだが、平安時代、太政大臣《だいじよう》・藤原時平《ふじわらのときひら》の陰謀によって大宰府《だざいふ》へ左遷された菅原道真《すがわらのみちざね》を〝天神様〟として祀《まつ》ったことに由来する。本宮は太宰府《だざいふ》にあるが、江戸でも毎月二十五日に天神様の縁日が催されていた。江戸二十五天神と呼ばれる神社があり、その一社である楓川神社は日枝《ひえ》神社の摂社として日本橋の一角にあった。

「江戸橋の向こう、南茅場町《みなみかやばちょう》の方だな。その辺りに行きゃ分かるだろうぜ」

「へええ。そこがどうして、子返し天神て呼ばれてるのだ」

与太郎が訊くと、紋七は鼻くそを丸めて飛ばし、

「さあな。童歌《わらべうた》じゃねえが、迷子になった子供のことを、この天神様で祈れば帰って来るって話だ。つまりは、子供を返して下さる、ありがてえ神様なんだろうよ」

「そうなのか。それは、ありがたい……もしかして、お内儀。子供を探してるのか」

「え、ええ……孫ですがね」

「孫……何か深い事情がありそうだな」

早速、首を突っ込みそうな与太郎に、内儀風は曖昧に答えると、円城寺と紋七に頭を下げて自身番から出ていった。追っていこうとする与太郎に、円城寺が声をかけた。

「余計なお節介はしない方がいい」

「え……？」

「長屋の連中が話してるぜ。おまえさんが関わるとろくなことがねえ。後で尻拭いをするのは、てめえたちだってな」

「そうなのか？　俺にはいつも感謝してると話してくれるがな」

「めでてえ奴だ。それにな……子返し天神になんか関わらねえ方がいい」

「何か曰《いわ》くでもあるのか」

「宮司が妙な輩《やから》でな。人並み外れた霊験の力があって、それで迷子を探すとのことだが、胡散臭《うさんくさ》い輩だ」

「だったら余計、心配ではないか。円城寺さん、何か嫌な予感がするのなら、事件が起こる前に片付けた方がよいのではないか。人が死んでからじゃ遅いだろう」

「なに？　死人が出るってのか」

「譬《たと》え話だ。今の女も切羽詰まったものがある。孫を探しているようだが、神仏に縋《すが》りたいほどのことがあるに違いない」

与太郎の方こそ同心のように案じながら、飛び出していくのであった。

二

日本橋というのは、江戸城の東側に位置し、隅田川の対岸には本所深川《ほんじよふかがわ》があり、北は内神田《うちかんだ》や浅草《あさくさ》、西にはお城を挟んで麹町《こうじまち》、南は京橋《きようばし》という広い町である。

平坦《へいたん》で河川や掘割が交錯しているため舟運の便が良く、江戸で一番栄えていることは間違いない。同時に、本船町《ほんふなちよう》、按針町《あんじんちよう》、長浜町《ながはまちよう》、本小田原町《ほんおだわらちよう》に立つ魚市は〝魚河岸〟と呼ばれ、江戸っ子の食材の宝庫として重要な場である。

そうした賑《にぎ》やかな所とは雰囲気が違って、南茅場町には何処か緊張させる雰囲気が漂っているのは、大番屋《おおばんや》や高札場《こうさつば》があるからであろう。いわゆるお上の威光というのがあって、人倫道徳が問われそうな所だからである。

その一角に、楓川天神はあった。薬師堂《やくしどう》として知られている所でもあった。手水舎《ちょうずや》から流れる水は霊水だと言われており、参拝の前に手や口を清める。与太郎は作法通りやったものの、ゴクリと飲んでしまい、

「うちの長屋の井戸水と同じだな……なのに、霊験あらたかな水だと言いながら、高値で買わせる騙《かた》りもいるからなあ。実際、同じ水樋《すいひ》を流れてるだろう。ハハ」

と笑った。

小ぶりだが由緒正しげな神殿を見やると、先に来ていた内儀風が鈴を鳴らして手を合わせている。この界隈《かいわい》は綺麗《きれい》に区画されている江戸の町並みなので、この神社だけがポツンと〝異界〟との繋《つな》がりのようにも見える。

かつては誰か身分の高い武家の屋敷だったそうだが、石造りの鳥居とちょっとした雑木林に囲まれていて、ここだけが特別な所に見えた。長年、風雨に晒《さら》されていたせいか神殿はやや薄汚れているものの、境内は掃き清められており石畳も艶《つや》やかに輝いていた。

「いや、かような良き所があるとは知らなかった。箱根権現とは比べるべくもないが、心を落ち着かせるものはあるなあ」

与太郎も神殿の前まで行って、賽銭《さいせん》を投げ入れ柏手を大きく打った。隣にいる内儀風が吃驚したように振り向くと、与太郎は微笑《ほほえ》みかけて、

「孫が迷子ならば心配だろう。一緒に探してやろう」

と声をかけたとき、神殿の床下から野良猫が三匹ほど出てきた。人懐っこそうに、ふたりの足下にまとわりつく。神殿といっても、何処にでもある切妻造りの一間社《いっけんしゃ》である。

「本当にここが、子返し天神なのかねえ……宮司がいるのかどうかも分からぬ、随分と寂れている神社だな」

与太郎はもう一度、神殿の前にある鈴の緒《いとぐち》を引っ張ると、ぽろりと切れそうだった。心なしか鈴の音も鍋を叩いたように聞こえる。柱も梁《はり》も板壁も朽ちているかのようで、神殿の中を覗《のぞ》いてみると何もなく埃《ほこり》だらけであった。

「なんだ……掃き清められているのは、表だけか……おそらく氏子《うじこ》がやってるのだな。神殿の中が蜘蛛《くも》の巣だらけじゃ、神様も降りてこないだろう」

深い溜息をついたとき、与太郎と内儀風の背後から、ふいに声がかかった。

「そんな所を拝んだって、何の御利益もありませんぞ」

ふたりが振り返ると、何処ぞの商家の旦那か町名主風の中年男が立っていた。商家の旦那風は内儀風に近づきながら、

「手っ甲脚絆てことは、江戸に着いたばかりですな。しかも、子返し天神にその足で来

ると は、よほどの事情なんだろうねえ」

「——おまえは誰なのだ……？」

与太郎が訊くと、中年男は小首を傾げ、

「この顔が分からないってことは、お侍さんも新参者ですか」

「少し離れてるが、『丹波屋《たんばや》』という米問屋の裏店に住んでる、古鷹恵太郎という者だ。〝おたふく長屋〟の者たちからは与太郎と呼ばれている。いやあ、実に良い人ばかりが集まっていて、楽しく暮らしてる」

「〝おたふく長屋〟……あの藪《やぶ》医者順庵がいる所でしたか」

「藪医者なのか？　そうは思えぬが」

「あ、いえ……悪口ではありません。気にしないで下さい。私は、この南茅場町と裏《うら》南《みなみ》茅場町、坂本町《さかもとちょう》を預かる町名主・徳右衛門《とくえもん》という者でございます」

「そうだったのか」

「町内には大番屋があり、近くには八丁堀《はっちょうぼり》の組屋敷もありますので、町方与力《まちかたよりき》や同心の旦那方とも顔見知りでございます」

「そういう御仁なら、安心して訊けるが、ここが子返し天神というのには、何か曰くでもあるのか」

与太郎が興味深そうに訊くと、内儀風は目を凝らして、徳右衛門を見ていた。

「きちんと理由がございましてね……見かけはご覧のとおり、古いオンボロ神社ですが、宮司は霊感が凄《すご》いのでございます」

「霊感……」

怪しげな話が出てきたよと与太郎は薄笑いを浮かべたが、内儀風は真剣なまなざしで、さらに食い入るように聞いていた。

「宮司は元々、易者の白井仁内《しらいじんない》という人でしてね、さる旗本の災難を予見して命を助けたことから、宮司に推挙されたのです。それから、江戸では多い行方知れずの者……特に神隠しにあった子供を探し出すのが得意でしてな、それで……」

「子返し天神ってわけか」

「さようです」

「だが、繁盛している神社には見えぬがな」

「繁盛といっても商売ではありませんからね。まったくの人助けでございます」

人の良さそうな微笑みを洩《も》らす徳右衛門に、与太郎は内儀風の背中をそっと押し、

「ならば親切に甘えたい。この方は孫を探すために、この神社を訪ねてきたそうだ。なんとか見つけてやってくれぬかな」

「そういうことでしたら、幾らでも……」

ふたつ返事で頷いた徳右衛門が名を尋ねると、

「お絹《きぬ》と言います。主人は川越宿《かわごえしゆく》で小さな茶葉問屋をしておりましたが、二年程前に亡くなりました。番頭と手代ふたりでなんとかやっておりましたが、女手では難しいので店は番頭に任せております」

「跡継ぎがいないのですかな」

「はい。娘ひとりなもので……その娘には一応、婿を迎えたのですが、あまり商売には熱心ではなく、むしろお荷物でした」

いきなり身の上話を始めたのは、おそらく徳右衛門が優しく頼りになる人だと感じたからであろう。長旅に疲れており、親切そうな与太郎も側《そば》にいたから、心の糸が緩んだのかもしれない。

「お荷物……とは、酒とか博奕《ばくち》とかにはまっておりましたか」

「はい。その上、女癖も悪く、娘のお繭《まゆ》はいつも泣いておりました。元々は大工見習いだったのですが、その仕事には就かず……うちの金が目当てだったんだと思います」

「そういう手合いはたまにいるが、当たりが悪かったですな」

「ええ……それならそれで出ていって貰《もら》えば良かったのですが、仕事もせずにぶらぶらしているので、私の主人とはよく喧嘩《けんか》をしてました。それでも、娘が産んだ孫が可愛《かわい》いので、主人も我慢してました」

「その孫がいなくなったのかね」

心配そうに徳右衛門が訊くと、お絹は一瞬、嗚咽《おえつ》しそうになって、

「孝助《こうすけ》と言います。五歳になります。主人が死んだ時には三歳の可愛い盛りでした。でも、娘も今年……流行病で突然、亡くなってしまったんです」

と言うと、さらに辛《つら》そうに泣いた。

与太郎にも意外な話で、慰めの言葉も見つけられないまま様子を窺《うかが》っていた。

「ところが婿は、お繭の葬儀を終えた途端、孝助を連れて家を出たんです。三月程前のことです」

「なんと……」

「私としては、孝助を育てて、いずれうちを継がせたいと考えていたのですが、婿はお繭が死んだうえは婿として店にいるわけにはいかないと言い、手切れ金だと五十両もの金を持ち逃げしてしまいました」

「婿に死んだ女房との手切れ金……そんな話、聞いたことがない」

「お金はどうでもいいのです。私は孫の孝助を連れ戻したくて、探し廻っていたのですが、なかなか手掛かりが見つかりませんでした。でも、婿の昔仲間から、お藤《ふじ》という女と一緒に江戸の何処かで暮らしていると聞いて、それだけを頼りに……その旅の途中、子返し天神のことを聞いたのです」

「ふむ。そうでしたか……酷《ひど》い男がいたものだ。で、婿の名前は」

「兼蔵《けんぞう》といいます。六尺（一八〇センチメートル）近い……このお武家様くらいの背丈で、体もがっちりしてます。風貌は、お武家様とは正反対でいかつく、キツネ目でいつも人を睨《にら》んでいるような感じです」

「そうですか……では、早速、私も探しますが、折角ですから、この神社の宮司に相談してみましょう。なにしろ霊験あらたかな御仁ですからな」

徳右衛門の言い草が与太郎には、少し胡散臭く感じた。本当に神仏を畏れる者は軽々しく霊力などを信じないからだ。むろん与太郎は、幼い頃から箱根の山奥に住んでいたから、人智《じんち》の及ばない自然の力を直《じか》に受けている。ゆえに、天地の間で蠢《うごめ》くように暮らしている人間の存在の小ささや弱さも実感していた。

「どうせ、まやかしじゃないのかな。神様がなんでも叶《かな》えてくれるなら、世の中平穏無事で、人間は何ひとつ苦労することはないだろうに」

与太郎が屈託なく言うと、徳右衛門は嫌な顔になった。

「これは手厳しいですな」

わずかに気色ばんだ徳右衛門に向かって、与太郎はニコリと微笑んだ。

「はは、冗談だよ。俺は箱根権現に毎朝、頼み事をしたが、聞いてくれた例《ためし》がない。でもまあ、こうして生きてるから、守ってくれてるのかな……と思ってるのも俺の勝手な考えだ。それはともかく、子返し天神を頼りにしてるから、宜《よろ》しく頼んだぞ」

朗々とした声に、少し困惑気味の徳右衛門に、

「町名主なら、氏子総代もおまえか」

と与太郎は訊いた。

「ええ、まあ……それが何か」

「実はな、長屋の者から噂に聞いていたのだが、氏子総代は金貸しもしているそうだな。町名主と一緒に町会所の役人もしてるから、困ったら貸してくれると」

「旦那、お困りですか……」

「いや、俺ではない。この神社の神殿の奥はろくに掃除もできていない。みんなで掃除をするがよい。そいでもって、町の金で腹を空《す》かしている物乞いに飯でも振る舞ってやれ」

「やれって……旦那にとやかく言われる筋合いは……」

「あるよ。俺も江戸の住人だから。それに、このお絹さんのように、迷子を探している親も沢山いるそうだから、神饌《しんせん》でも供えて、誰もが参拝できる神社にしたらどうだい」

「…………」

「八百万《やおよろず》の神様の住む国なんだから、大切にしなきゃ、なあ。そしたら、みんな幸せになれるってもんだ」

生まれつきではあるが、飄然《ひょうぜん》と振る舞う与太郎の態度に、徳右衛門は何と答えてよいか分からず、調子がおかしくなって、

「まあ……とにかく、この方の孫探しをしますから、ご安心を……」

「そうかい、そうかい。こりゃ楽しみだ」

目論見《もくろみ》でもあるのか、与太郎は実に楽しそうに笑いながら、お絹の肩を馴《な》れ馴《な》れしく叩くのであった。

三

神社の社務所に来ると、そこには宮司の常装である狩衣《かりぎぬ》を身につけた男がいた。四十絡みの気の弱そうな顔だちで、これが元は易者の白井 某《なにがし》だという。

徳右衛門が与太郎とお絹を紹介して、簡単に事情を伝えると、自分は用事があるからと立ち去った。

そこには、他にも来客が三人ばかりいて、いずれも氏子だという。ひとりは、控え目に言っても物乞いにしか見えないかなり年寄りの爺《じい》さんで、もうひとりは十六、七の町娘、それに三十歳くらいの年増《としま》だった。いずれも得体の知れない風貌だが、町内に暮らす氏子であることは間違いなく、爺さんの方はかつて町名主だったという。

「近頃は町内から人が出ていって、氏子も少なくなり、祭りもろくにできません。ほんに困ったもんじゃ」

三郎衛門《さぶろうえもん》と名乗った爺さんは、少し泣いているように見えるが、目やにがよく出て困っているだけだった。

「日本橋のまん真ん中に、かような素朴で静寂な所があるとは、田舎育ちの俺には嬉《うれ》しい。鳥の声も心地よくて、すぐ近くにある喧騒《けんそう》が嘘《うそ》のようだな」

与太郎がそう言うと、宮司は情けない表情で、

「いやいや、誰も来ないのは、ご覧のとおり雑草が生え放題で、社殿も風雨に晒されて腐りかかっているからです。こんな所に御利益があるとは思いますまい。人々が近づきたくないのは当然です」

「そうかな。風情があると思うがな。暑くなってくると、大きな樹木の陰で涼を取ることができそうだ。町中は日陰がないから、今でも汗ばんで大変だ」

「とはいっても、貧乏ですからね。社務所も見てのとおり蜘蛛の巣と鼠《ねずみ》の糞《ふん》だらけ。時々、氏子たちが掃除してくれてはいますがね、礼金も払えず、なんとも申し訳なくて」

殊勝そうに言う宮司は、ますます情けなく肩が垂れてきた。それでも、元町名主だったという爺さんは励ますように、

「宮司さん、そうめげずに、頑張って下されや」

と言うと、一緒にいる娘と年増も「私たちも手伝うから」と鼓舞するように言った。

実はこのふたりも、迷子だったという。江戸は迷子というより捨て子が多かったから、親が分からない子がいれば、町で預かることになっていた。

「私たちは、この三郎衛門さんに拾われて、養子にしてもらったのです」

年増の方が言うと、娘の方もコクリと頷いた。育ててもらった時期は違うが、いわば養子同士の姉妹である。ふたりとも三郎衛門に深く感謝しているという。三郎衛門の世話になった者は他に十数人いる。

「そうだったのか。親の顔を知らぬという意味では俺も同じ境遇だ。よしなにな」

屈託のない笑みで与太郎が言うと、三郎衛門が溜息をついて、

「お初《はつ》はずっと私の側にいて手伝ってくれ、嫁にも行きそびれた。おるいの方にもまだ若いのだから、好きなことをしろと言ってるのだが、まるで神社に住み着いた猫のように、この町にいるんだ」

と厄介払いでもしたそうな顔になった。もっとも、それは我が娘《わこ》に対する冗談めいたもので、お初とおるいは笑って、

「私たちがいないと、三郎衛門さんがしなびてしまいますので」

「人のことを茄子《なす》みたいに言うでない」

「貧乏神と呼ばれるよりはいいでしょうに……もうすぐ古希なんですから、迷子や捨て子の世話は私たちに任せて下さいな。もう隠居しているのに、まだ町名主気取りなんで

す。だから、徳右衛門さんに嫌われるのよ」

説教口調でお初が言うと、三郎衛門はすっかり薄く小さくなった髷《まげ》を撫《な》でながら、

「あいつは金にモノを言わせて、何事も強引だから好きじゃない。それに自分で捨て子を育てた例がない。もっとも……神隠しにあった子供を探すのは得意だがな」

と頬をくしゃくしゃにして笑った顔は、妙に人懐っこい。

「貧乏神も立派な神様。貧乏神は福をもたらすという話は諸国にあるし、貧乏神を大切にしたから、金持ちになったという話もある。だから、ここには貧乏神を祀ってるし、金に縁がないから、子供も返ってくるんだ」

「えっ……？」

与太郎は、どうして貧乏神を祀ると子供が返って来るのかと訊き返した。

「知らないのか。貧乏神送りって風習はあちこちにあって、金や物で釣って町から追っ払おうとするのだが、そうすると子供が神隠しにあったようにいなくなる。だから、貧乏神を大切にするんだよ」

聞いたこともない話だが、三郎衛門が真剣な顔で語ると嘘でも本当に思えた。

「なるほど。貧乏神でも大切にすることで、子宝が守られるってことか」

「そうですよ。貧乏人の子沢山ていうでしょ。国を支えているのは子供ですから」

付け足すようにお初が言うと、与太郎は納得したように頷いたが、

「だったら、お初さん、おまえも早く嫁に行かねばならぬな」

「冗談じゃない。男の面倒は懲り懲りです。酔っ払いや博奕好き、女好きな奴らは始末が悪いですからねえ」

嫌なことでもあったのかと与太郎は勘繰ったが、お初は真顔のままで、

「嫁に行かなくても、子は幾らでも産めるしね。実際、私には五人の子がいる。父《てて》なし子《ご》だけれど、立派に育ってくれてる。もう町内の色々な大店に奉公したり、深川の材木屋で鳶職《とびしょく》の見習いとかもしたりね」

「ええ……なんだって？」

と訊き返した与太郎に、感情の揺れが激しい気質なのか、お初は急に泣き出した。それに引きずられるように、三郎衛門までが涙ぐんで震える声で、

「思い起こせば六十年前、日本橋の米問屋『丹波屋』に奉公したのが十歳の春……」

「『丹波屋』……うちの大家か」

「親に捨てられ年端もいかぬ小僧から、平手代、小頭《こがしら》役、年寄役、そして支配役の番頭と登りつめたものの、新しい主人に嫌われて店を追い出され、女房子供にも愛想を尽かされ、なんとか、この地に留《とど》めて下さったのは、この神社の先代の宮司様……」

「大変そうですが、あなたの身の上話はまた聞きますから、この方の孫を……」

与太郎が止めようとすると、おるいは苦笑いをしながら、

「耳が遠いんです、三郎衛門さんは。だから、さっきから、少し噛《か》み合わなかったでしょ、お話が……」

　と言ってから、

「三郎衛門さん！　この人の孫を探しに行きますよ。早く早く！」

　唐突に三郎衛門の手を取って、おるいは社務所から連れ出そうとした。重そうな腰をお初も押し上げて、後はよろしくと宮司に頭を下げてから、三郎衛門共々三人は出ていった。

　残された与太郎とお絹を、宮司はなんとなく妙な雰囲気で見ていた。どうしたらよいのか、言葉を探しているようだった。

「ええと……八岐大蛇《やまたのおろち》をやっつけた、素戔嗚尊《すさのおのみこと》には娘がいて、大国主命《おおくにぬしのみこと》の妻となったのをご存じかな」

「知りません」

　お絹は首を傾げたが、与太郎はすぐに頷いて、

「須勢理毘売《すせりびめ》だ。それが、どうかしたのか」

「よくご存じで……え、つまり……須勢理毘売がこの神社の祭神の一柱で、子供を探すのを手伝ってくれているのです。とても子供を大切にしたとのことで」

「そうなのか？　須勢理毘売は大国主命の前妻が逃げだすほど激しい振る舞いをし、嫉

妬深いと昔話にはあるがな」

「その前妻の八上比売《やがみひめ》は須勢理毘売に恐れをなして、生まれたばかりの赤ん坊を、木の股に置き去りにして、実家に逃げて帰ってしまったとか。だから、須勢理毘売はその子を大切にした。自分の子は生まなかったけれど……なので、神隠しにあった子供を探して返してくれるのです」

「さようか。そんな話も初めて聞いた」

凝視したままの与太郎の視線を思わず逸《そ》らして、宮司は冷や汗を拭う仕草をして、

「だから、安心して子供……いや、お孫さんが現れるのをお待ちなさい」

と御幣《みてぐら》を振った。宮司の態度や目つきは、これまで世間から酷い仕打ちを受けてきたような、あるいは人を信じることのできない性分なのか、どこか違和感がある。

「〝花鎮《はなしず》め〟はとうに終わっておりますが、花粉が飛ぶ時節に神々に花を捧《ささ》げ、疫病や天災飢饉《ききん》が広がらぬようにと祈る神事でして……」

「はい……」

「ええと、三輪山《みわやま》の大物主神《おおものぬしのかみ》の祭祀《さいし》に由来している祭りでしてな……つまり『神祇令《じんぎりよう》』に定められた儀式ですからして、その……神様の前で踊らねばならず……」

無理矢理、神事の話をしようとしている宮司を見ていて、与太郎は胡散臭さを感じた。

町名主の徳右衛門といい、隠居の三郎衛門といい、お初におるいという養女たちも、

〝おたふく長屋〟の住人たちとは違って率直さがないのだ。

「ええ……何か事を為《な》そうとすれば、まあ色々と手がかかります。神様だって、只《ただ》で御利益があるわけじゃなく、お布施というかお賽銭を払わなければ、願いが半分に……」

宮司がそう言いかけると、与太郎は首を横に振って、

「いやいや。お賽銭は元々、〝散米《さんまい》〟といって、洗ったお米を供えるおひねりのことだ。願いを聞いて貰うためではなく、自分の罪の禊《みそ》ぎのためなのだ。そして、毎日、無事に暮らせることに感謝する。箱根権現の神主さんはよく話してくれたがな」

「大きな神社ならば、そうでしょうとも……しかし、お賽銭が一文もなければ、私どもも食べることができないので……」

「なるほど。そりゃそうだな」

与太郎はパンと軽やかに手を叩いて、懐から財布を取りだすと、小判を一枚だそうとした。すると、お絹がとっさに止めて、

「およし下さいまし。お侍様には関わりのないことです。あ、いえ、ご親切はありがたいのです。でも、そこまでして戴《いただ》いては申し訳がありません」

と恐縮しながら手荷物を解いて、立派な袱紗《ふくさ》から切餅《きりもち》をひとつ掴んで差し出した。一分《いちぶ》銀《ぎん》百枚が入っている、長方形の押し餅のような形の包金《つつみがね》だ。封印小判と同じ二十五両の値打ちがある。一両あれば、長屋なら親子四人が一月暮らせるから、かなりの大金である。

目を丸くして見た宮司は、ゴクリと喉を鳴らした。さらに、空気の玉が気管に詰まって、ゲホゲホと噎《む》せた。

「大丈夫ですか、宮司様……」

思わずお絹が背中を撫でようとすると、宮司は遠慮がちに、

「そ、そのような大金、戴くわけには参りません」

「いえ。宮司様の霊験で、孫の孝助を見つけて下さるのであれば、幾らでもお支払いします。そのために持参したのですから」

長旅を覚悟して用意していたのだが、子返し天神の話を聞いてから、そのために使おうと決めていたのだ。袱紗の中には、もうひとつ切餅がある。それを見た宮司は、また喉を鳴らした。察するように、お絹はそれも差し出して、

「手持ちはこれだけですが、必要があれば用立ててきます。江戸の両替商でも受け取れるよう為替も持ってきております」

「あ、いや……」

文字通り喉から手が出そうな様子で宮司が見ている切餅を、横合いから与太郎が摑んで、お絹の手に戻してやった。

「まずは探して貰おう。金を出さねば霊験も現れない、などということはあるまい」

「そ、そうです……ええ、まずは探してみましょう。ええ、やりましょう」

宮司はすぐさま神殿の方に移り、神棚に向かって御幣をバサバサと振って、

「ええ……祓《はら》え給《たま》い、清め給え、神《かむ》ながら守り給い、幸《さきわ》え給え……」

と唱え始めた。仏教で「南無阿弥陀仏《なむあみだぶつ》」と阿弥陀仏に帰依して救いを求めるのと同じような意味である。

「ええ……とおかみえみため……とおかみえみため……」

と何度か同じ文言を繰り返して唱えたが、これは「御先祖の神様、どうか微笑んで下さい。神様の御心が明らかになりますように」と占いのときに使う言葉である。言葉には霊力が宿っていると古来伝わっているが、唱え始めると宮司の声はしだいに朗々としてきて、立派な神職に見えてきたから不思議である。

「ああ……見えてきましたぞ……ええ、見えてきましたぞ……霧の中から、少しずつ、何か、魂のようなものが……ああッ」

しだいに宮司は憑依《ひょうい》したように体を揺すり、御幣を振る音も激しくなった。その異様な姿を、与太郎は冷静に見ていたが、お絹の方は両手を合わせて熱心に拝んでいた。

四

子返し天神の前には、左右に広がる通りがある。辻《つじ》灯籠などもあるが、参道らしきも

のはない。日本橋の表通りに比べれば狭く、茶店や小間物屋、端布屋《はぎれや》など何軒かは営んでいるものの、表戸を閉めている店も多かった。

その一角の茶店『楓川』には、わずかではあるが参拝帰りの人が立ち寄っていた。楓川神社が営んでいるわけではないが、その名称を戴いた茶店である。

「今日もちょっと汗ばみますねえ。どうぞ、ひんやりしたお茶も美味《おい》しいですよ」

朗らかな声と笑顔で接客するのは、加奈であった。与太郎と同じ長屋に住む浪人・逢坂錦兵衛の娘である。与太郎が江戸で初めに出会ったのが逢坂であり、ちょっとした悪党を退治した。それが縁で、与太郎が長屋に転がり込んだという方が正しい。

茶店『楓川』に参拝を終えたばかりの若い女が、おくるみを抱えて現れたのは、お絹が子返し天神に来てから数日後のことだった。実は、宮司に孫の居所を探して貰うよう頼んでから、〝おたふく長屋〟で世話をしようとしたのだが、お絹はひとりの方が気楽だと神田にある木賃宿に逗留《とうりゆう》しているのだ。金には余裕があるようだった。

若い女は、生後百日の初宮参りの帰りだという。初宮参りならば、もっと相応《ふさわ》しい神社があろうというものだ。赤子が生まれたら〝産土神《うぶすながみ》〟に参拝し、赤子が疫病に罹《かか》らず、長寿になるよう祈るのが当然であろう。だが、なぜか若い女は、この子返し天神に参ったようだ。

母親は少し顔色が悪い。赤ん坊は男の子で、まだ壊れそうなほど小さかった。閑散と

した店内では、赤ん坊の寝息が聞こえるほどだった。応対に出た加奈は思わず、

「あらまあ、可愛らしい。なんとも言えないわねえ、このほっぺ」

と笑いながら、指先で頰に触れた。初宮参りだということは察したが、他に連れはいないようだった。

「あの……ご不浄をお借りしてよろしいでしょうか……」

母親が困ったような顔で尋ねてきた。年の頃は加奈と同じ十八くらいだろう。浪人の父親を少しでも助けたいと働いている、しっかり者の加奈と違って、母親になってもまだ幼さが残っている面立ちだった。

「ええ、ようございますとも。遠慮なさらずに」

加奈が頷くと、母親は申し訳なさそうに赤ん坊を預けて、店の奥に行った。

「あらら、お母さんの方がお漏らししちゃったら、困っちゃうもんねえ。アババ。可愛いわねえ。名前はなんというのでちゅか」

赤ちゃん言葉であやす加奈に、店の女将のお米《よね》はからかうように、

「手慣れたものじゃないか。加奈ちゃんも早く赤ん坊を産んだらどうだい」

「いやだあ、女将さんたら」

少しはにかむ加奈を、お米はさらにからかって、

「もしかして、惚《ほ》れた人がいるんだね。若い時は短い。さっさとモノにして、ふたりし

て励んだ方がいいよ」

「もう……恥ずかしい」

加奈は照れながらも、満面の笑みで赤ん坊をあやしながら、少ない客たちにも茶や団子運んだりしていた。が、少し雨がぱらついてきたとき、妙だなと加奈は感じた。厠《かわや》の時間が長過ぎるからだ。顔色が悪かったから、体調を崩したのかもしれないと、奥に行って声をかけたが返事はない。

すると、裏手の扉の下に風呂敷包みが置いてあって、その上に文が置かれてあった。加奈が「おや？」と見たとき、店先から、『丹波屋』の主人・六右衛門《ろくえもん》が入ってきた。六右衛門は先代主人の弟である。つまり『蒼月』の女将・お恵の義弟であるが、色々な事情があって、今は『丹波屋』を継いでいる。六右衛門はお恵のことを、兄を誑《たぶら》かした女だと思っているから、あまり良い関係ではない。

「丁度よかった。ご隠居。ちょっと、これ見てくれませんか」

と加奈の方が先に声をかけた。

「ご隠居じゃないよ。私はまだ主人だがね。倅《せがれ》は遊び呆《ほう》けてるので」

「ほんとですね。馬鹿息子の典型ですね」

「おい……」

「でも小さい頃は、こんなふうに可愛かったんでしょうけどね」

「うちの息子のことはいいよ……おお、可愛いねえ。いつ産んだんだい、加奈さんや」

笑って冗談を言う六右衛門に、加奈は風呂敷包みを指して言った。

「その書きつけを見て下さいませんか」

六右衛門が手に取る前に、お米が気づいて開けてみた。そこには、

『この子をお育て下さい。よろしくお願い致します。名は、大吉《だいきち》といいます』

と下手な文字で書かれていた。

「――大吉……母親に捨てられたのか……おいおい、全然、大吉じゃないじゃないか」

六右衛門はすぐに状況を察したようだったが、驚いたのは加奈である。

「ええ！　厠は嘘なのッ……どうしよう！」

加奈が大声を上げたので、赤ん坊が突然、火がついたように泣き出した。懸命にあやしたが、穏やかに眠っていたのを起こされて、泣き声はますます酷くなっていく。

店の表に飛び出した加奈は、表通りや境内を探した。赤ん坊を預けた母親の姿は見えなかったが、思い切り泣いている赤ん坊の声を何処かで聞いているかもしれない。とすれば、きっと心配になって戻ってくるに違いないと思った。だが、結局、母親は姿を現さなかった。

風呂敷の中にはおしめ、そして子返し天神で貰ったばかりの守り札があった。

「――子を返して欲しい人が参拝する神社なのに、なぜこんなことを……」

加奈は長屋に連れ帰り、近所のおかみさん連中とともにおしめを取り替えたり、貰い乳をしたりして赤ん坊の面倒を見た。気疲れがしたものの、すやすや眠る赤ん坊を見て、加奈の方が癒やされた。

逢坂も孫ができたかのように、相好を崩している。

「まだ生まれて一月くらいなのに、髪の毛はこんなにあるし、目を開けたらパチクリしてる。とっても可愛い」

「だが、大吉なのにな……もっとも、おまえに拾われたのは大吉かもな。母親としても、神社縁《ゆかり》の茶店に捨てたのは、いい人に拾って貰えると思ったからだろう」

「かもしれないけれど……」

「おまえに似て、気性が激しい子になるだろうなあ」

と逢坂が言うと、加奈は苦笑して、

「なんで、私に似るのですか。たしかに私は、よくお父つぁんに言われてましたね。おまえは、母上のお腹《なか》の中に、おちんちんを忘れてきたのじゃないかってね」

「女のくせにはしたないことを言うのではないよ」

「でも、私もこんな子が欲しくなっちゃった」

捨て子というのは珍しいことではない。大店や寺社に捨て置いて、誰かに育てて貰おうということはよくあることだった。事情がある親に代わって、町中の人が面倒を見たのだ。思い詰めて親子心中をしたり、殺したりするよりもよほど良いことだった。

そもそも、産みの親以外に、名付け親、乳飲み親、躾《しつけ》親など〝七人の親〟がいると言われている。適当な育ての親がいなければ、町名主が中心となって、みんなで面倒を見るのだ。その子が長じて偉くなったり、町に恩を返すことも多く、捨て子が余所者《よそもの》扱いされなかった。

「子返し天神前で拾ったんだから縁起がいい。うちの子として育ててもいいな」

逢坂が言うと、加奈は赤ん坊に同情をしながらも、

「だって、亭主もいないのに、いきなり……」

「それなら、与太郎さんと夫婦になって、ふたりの子として育てればよいではないか」

「な、なにを、ば、馬鹿な……」

「俺はおまえの父親だ。娘の気持ちくらい、よく分かっているよ」

加奈は頬を赤らめながらも、

「やめて下さい。そんなこと気軽に言うものじゃありませんよ。あ、そうだ。大工の松吉さんちの子にしたらどうかしら。竹三《たけぞう》ちゃんも弟ができるから喜ぶのでは。いずれ遊び相手になるだろうし。それが無理なら、一応、長屋の大家でもある『蒼月』の女将のお恵さんが育てるとか」

「なるほど。それもいいかもな。お恵は元は芸者だけあって、しっかり者だし商売上手

だ。この子は銀平《ぎんぺい》のもとで板前修業させて、店を継がせればいい」

「随分と先の長い話ですこと」

などと言い合っているうちに、長屋のおかみさんたちは交互に面倒を見て、子返し天神に捨てられたのは縁起が良いと、地蔵でも崇《あが》めるように赤ん坊の頭をさすった。

与太郎は赤ん坊の無病息災を願って、子返し天神の宮司に祝詞《のりと》を上げて貰い、一日も早く母親の気が変わって戻ってくることを祈っていた。

孫を探す老婆がいれば、子を捨てる女もいる。世の中とは、ままならぬものだなと、与太郎は改めて思った。だが、いずれ再会の時もあろう。希望は捨ててはならぬと、与太郎は宮司に言った。

「まあ、これも何かの縁ですから。その間に里親を探します。捨てる神あれば拾う神あり。必ずいい夫婦が見つかりますよ」

そうと決まれば、自身番に届け出て後、母親が戻ってくるか、育ての親が見つかるまで、与太郎も一生懸命面倒を見ようと覚悟をするのだった。

五

一方、お絹の孫の行方は、宮司の霊力をしてもまだ分からなかった。もう半月近くなるのに手掛かりがないのは、探すだけ無駄だということなのだろうかと、お絹自身も諦めかけた。

そんなある日、宮司の祈禱《きとう》が効いたのか、ある女が現れたという。

与太郎が駆けつけると、宮司は神社近くの一角にある辻灯籠辺りを指して、

「ほら、いるでしょ。この前、お絹という婆《ばあ》さんが来たときから、ずっと立っているんですよ。もしかしたら、お告げに来たのかもしれないなあ」

「あの女……？」

見廻す与太郎に、宮司は真剣なまなざしを向けて、

「ほら、そこに……辻灯籠の前に立っている赤い花柄の着物の痩せた女が……年の頃は二十半ばでしょうか。長い髪は束ねただけで、なんとなく夜鷹《よたか》みたいな感じの……」

と説明をした。が、与太郎の目にはまったく映っていない。

「何も見えぬがな」

「そうですか……死んでも死にきれない霊なのです。この世とあの世の間で彷徨《さまよ》っているのです。あの手の霊に下手に同情すると、災いがこちらに及んできますからな」

宮司は真顔で言うが、与太郎にはからかっているようにしか思えない。

「箱根の山にも、色々な霊がいると爺《じ》っ様は話していたが、俺は信心が足らぬのかな」

「どうやらあの女は、自分の子を失ったがために、人の子を奪おうとしているのかもし

れない。神隠しというのは、そこにいる女のような霊が為していることなのです」

「ふむ。胡散臭さが増してきたな……」

さすがに顔を顰《しか》める与太郎を無視して、宮司は辻灯籠に向かった。そして、振り返ると与太郎を手招きした。誘われるままに進もうとすると、灯籠と重なるように長い乱れ髪の女の姿が見えた。

ギョッとなった与太郎だが、宮司は冷静な顔で、

「見えましたか……ですが、気づかないふりをしていて下さいまし。この女が、いなくなった子供の行方を知っているのです。いずれ私が、お絹さんの孫の行方も聞き出しますから」

と言って振り返ると、目の前にいるみだれ髪の女を目の当たりにして、「うぎゃあ！」と飛び上がらん勢いで逃げ出した。韋駄天《いだてん》走りで社務所まで逃げ込んだ宮司は、何やら呪文を唱えて必死に祈り始めた。

だが、与太郎は辻灯籠の側にいた女は、誰あろう——お蝶《ちょう》であることを見抜いていた。わざと濡《ぬ》れた乱れ髪で、おどろおどろしい顔で立っていたのだ。お蝶は元々、荻野山中藩の密偵で、与太郎を見張る役目であった。が、その人柄に惹《ひ》かれて、今ではすっかり与太郎の虜《とりこ》になってしまっていた。

「おまえ、なんで、そんなことをしているのだ」

「あら、バレましたか」

「すぐに分かる。なんの真似《まね》だ」

「なかなか屋敷に帰ってこないで長屋に居続けてるから、心配で見に来ただけです」

「嘘をつけ。宮司を脅かすつもりだったのであろう」

「ま、それもありますがね……とにかく、私なりに探ってますので、ご安心下さい」

「何をだ。俺は何も頼んでないぞ」

「そのうち分かります」

意味深長なことを言うなり、お蝶は身を翻して立ち去った。

「おい……！」

仕方なく見送ってから、与太郎が社務所に行くと、宮司はまだ御幣を振っていたが、神妙な顔で振り返り、

「与太郎様も見たでしょう。あれは産女《うぶめ》です。子を孕《はら》んだ妖怪です」

「いや。今のはお蝶といって、俺の……」

「聞きなさい。あれは出産ができないまま死んでしまった女が、この世に未練を残して彷徨っているのです。十月十日も育ててきたのに、お互い顔を合わせることもできずに死んでしまうなど、あまりといえばあまり」

「………」

「古来、女の死因の多くは出産にまつわるものです。難産のために母子とも命を落としたり、産後の肥立ちが悪く、子を残して死ぬ母親もありました。つまり、出産は死と隣り合わせにあり、流産や早産は妖怪の仕業なのです」

「いや、だから……」

「そうして無事に生まれるからこそ、子宝と呼ばれるのです。無事出産が叶わなかった母親が、自分はあの世に行っても構わないけど、せめて子供だけは生かしてやりたい……その親心で、子供を預けて消える、という妖怪がいるんですよ」

「なんだか、先日の捨て子と重なるな……」

　与太郎も思い出したかのように、

「そういえば、箱根権現でもあったな。通りがかりの人に預けられた赤ん坊が、鬼みたいに顔が変わったり、石みたいに重くなったりしてな。神主も苦労してた」

「赤ん坊だけは、この世に残したいという、母親の切なる願いなんですよ。でも、預かったはずの赤ん坊がそのまま消えたり、取り憑《つ》かれたように、見えない赤ん坊をあやし続ける女もおります。不幸にも母子ともに亡くなったときは、そのまま土葬にしないで、腹の中の子を取り出して腕に抱かせてやってから埋葬することもあります。ええ、恨みを残さないためです」

　宮司はそこまで話してから、大きく息を吸い込むと、ゲホゲホ噎せた。自分で落ち着かせてから、与太郎の顔を覗き込んだ。

「実は、さっきの産女は自分と同じ辛い思いをさせたくないと、この神社の子返しの手伝いをしてくれておりましてね、私に報《しら》せに来てくれたのです。お絹さんの孫の行方を」

「いや、だから、あの女は……」

「罰が当たりますよ、ちゃんとお聞きなさい。孝助の居場所が分かったのです。一刻も早く、お絹さんに報せてあげたいと思うのです」

「本当か……？」

与太郎はますます妙な具合になったと思ったが、黙って聞いていた。

「宜しいですか。すぐに、ここに連れて来て下さい。でないと子供は、また何処かに連れ去られるかもしれない。急いで下さい」

と宮司は急《せ》かすように真剣に言った。

すぐさま使いを出し、神田の木賃宿から、お絹を呼び寄せた。

本殿に招き入れられたお絹は、宮司とふたりだけになった。宮司は何やら祝詞を上げると気迫をもって御幣を振り、モゴモゴと口の中で祈りの言葉を繰り返した。神棚には、榊《さかき》の枝に麻苧《あさお》と紙垂《しで》をつけた大麻《おおぬさ》や小麻《こぬさ》、塩湯《えんとう》などが飾られている。

清浄を尊ぶ神道では、心の中を綺麗にし、住まいもその近所も清潔にしておかねばならない。伊弉諾尊《いざなぎのみこと》が黄泉《よみ》の国の穢《けが》れを、阿波岐原《あわきはら》の海にて禊ぎ祓いをしたのと同じことをする。禊ぎとは、〝身削《みそ》ぎ〟と〝霊注《みそそ》ぎ〟を合わせたもので、まさに心霊を清めた体に入れることである。宮司はそう説明してから、

「よろしいですかな、お絹さん……先程、辻灯籠の所にいた産女が、あなたの孫の居場所を教えてくれました」

「本当ですかッ」

　身を乗り出すお絹に、宮司は神妙な語り口で、

「与太郎様も見ておりました。安心して下さい。人は神のワケミタマであり、〝アカキ、キヨキ、ナオキ、タダシキ〟心、つまり清く正しい魂が宿っています。清浄にすることで、本来の霊力が蘇《よみがえ》ってくるのです。そして、私のように、毎日、鎮魂や帰神《きしん》の修行をしている者は、己《おの》が魂の力を増幅させて、神々の声を聞くことができるのです」

「は、はい……で、孝助はどこに……」

「慌てては駄目です」

　宮司はもったいつけるように御幣を振ってから、

「この清浄な神殿に神様を呼び込むには、浄財が必要なのです」

「浄財……あ、はい。それなら、この前、お渡ししようと思ったものが……」

　すぐさま袱紗ごと差し出すお絹の手から、宮司は奪い取るようにして、神棚に供えた。

そして、もう一度、御幣を振って、

「――なるほど、よく分かりました」

「宮司さんには見えるんですね。孝助の姿が」

「はい」

「何処で何をしているのですか」

「江戸市中におります。しかも意外に近い所です。大きな橋の袂の……何かのお店にチラチラと見えます」

「それは何処なのですか。早く教えて下さいまし」

さらに手をついて迫るように請うお絹に、宮司は落ち着いた声で、

「どうやら、背の高い男に激しくいたぶられているようですね。女もいるようですが、我が子ではないからか、一緒になって叩いたり蹴ったりして責め立てています」

「ああ！　それが兼蔵とお藤に違いありません。早く助けて下さいッ」

「承知しました……ですが、この浄財だけでは確約はできません」

宮司が首を横に振ると、お絹は必死に懇願するように、

「この前も言ったとおり、お金は出します。幾らでもお支払いします」

と明瞭に言った。

「承知しました。まずは、この前、ここに案内してくれた町名主の徳右衛門さんをお訪

ね下さい。必ずや善処して下さいます」

「町名主さんが……」

「はい。一緒に参りましょう」

スックと立ちあがった宮司は、町内にある徳右衛門の屋敷に向かうのだった。

六

宮司の霊力の凄さを認めている徳右衛門が詳細に話を聞いてから、お絹を伴って来たのは永代橋《えいたいばし》の袂にある船番所の側だった。

南茅場町からは堀川をふたつほど跨《また》いで来るだけの所で、宮司の言うとおり意外と近い場所だった。徳右衛門には余計なお世話だと断られたが、与太郎も一緒について来た。

周辺には船手屋敷や船手蔵があり、他は役人相手の茶店が一軒、ポツンとあるだけであったが、三十絡みの艶めいた女が働いている。馴染《なじ》み風の船頭や人足らが縁台に腰掛け、世間話をしながら寛《くつろ》いでいた。

その中に背の高い男がいた。お絹はその姿を見るなり、「兼蔵だ」と声を上げて駆け寄ろうとしたが、徳右衛門は止めて、

「待ちなさい。いきなり、あなたが現れると何をされるか分からない」

と離れた所で待たせた。

どうやら、兼蔵は今、船手屋敷の中間《ちゅうげん》をしているとかで、子供がいる様子はない。様子を確かめてくるというのだ。

「ならば、俺が行こう」

与太郎はズンズンと茶店に近づいた。徳右衛門は自分に考えがあると追いかけてきたが、構わず与太郎は自分と同じくらいの背丈の男に声をかけた。

「兼蔵だな。ちょっと話がある」

振り返った男は、訝《いぶか》しげに与太郎を見て、

「誰でえ……たしかに俺は兼蔵だが、何の用だ」

と言った。公儀船手組の中間だから偉そうにしているのかもしれぬが、与太郎から見れば、ならず者同然だった。

「孝助は何処だい」

「えっ……」

「おまえとお繭というたか……ふたりの息子だよ」

「誰だ、あんた……」

「人攫《ひとさら》い同然に連れて出たんだろ。祖母のお絹が返してくれと言ってるのだがな」

「はあ？　俺は孝助の父親だぜ。人攫い扱いするんじゃねえや」

物言いはまるでならず者である。だが、与太郎は気にする様子もなく、

「手を上げるような親より、優しく育ててくれる祖母《ばあ》さんと暮らす方が、子供のために良いと思うがな」

「黙って聞いてりゃ適当なことを言いやがって」

少し声を荒げると、縁台に座っていた人足たちも立ちあがって、兼蔵を援護するように与太郎を取り囲んだ。

「だから言わんことじゃない……」

と徳右衛門は呟いたものの、関わりたくないとばかりに逃げ去った。だが、お絹は心配そうに成り行きを見ている。

「孝助を返して欲しいだけなのだ。お藤とやらと一緒に暮らしているそうだが、娘の子が……孫がどうなったか案ずるのは、当たり前ではないか」

「ガタガタうるせえやいッ」

兼蔵がさらに大声で与太郎を威嚇すると、他の中間たちがいきなり殴りかかった。だが、与太郎が体を軽く避けて足払いをすると、数人の中間たちは、たたらを踏んで掘割に落ちた。

「――――!?」

吃驚した兼蔵に、与太郎は近づきながら、

「さすがは船手中間、水練は達者だな」

と船着場の石段に泳いでいく中間たちを笑って見ていた。

「な、なんだ……てめえは……」

急に腰砕けになった兼蔵の側に、茶店の女が駆け寄ってきた。

「おまえさん。誰だい、この若侍は」

「なんだか分からねえが、孝助を返せとか言いやがるんだ」

兼蔵が振り返った女は俄に苦々しい顔になって、与太郎に向かって唾棄するように、

「お侍さん。悪いけどね、孝助はここにゃいないよ」

「えっ、そうなのか？　だが、宮司の占いというか霊感では、ここだと……」

「はあ？　あんた、頭がどうかしてるのかい」

「ここにおらぬのなら、何処にいるのだ」

「さあねえ、江戸に着いてすぐ、どっかに逃げちまったよ」

「逃げた……？」

「ああ。お母さんに会いたいとか泣きながらね。あの世に行くつもりかねえ」

冷たく無責任に言い放つ女に、与太郎は顔を突きつけるようにして訊き返した。

「もしかして、おまえがお藤か」

「——な、なんだい。気持ち悪いねえ……」

知らない侍から名前を呼ばれて、勝ち気そうな女が少したじろいだ。

「幼い子が逃げちまったで済ませるとは、一体、どういう人間なのだ。それはいつ頃、何処でのことだ」

「さあ、忘れちまったねえ」

すっ惚《とぼ》けるお藤は、ろくでもない女のようだった。与太郎は兼蔵にも尋ねたが、言葉を濁すだけだった。どうやら、女の尻に敷かれている様子だ。

そこへ、たまらなくなったのか、お絹が近づいてきた。お藤の顔は知らないようだが、兼蔵に向かって強い口調で迫った。

「お繭の子を、孝助を返しなさい。何処にいるのですかッ」

「これは、おふくろさん……！」

吃驚して兼蔵は目を丸くしたが、お絹がこれまで探してきた事情を聞いても、お藤同様、分からないとしか答えなかった。

わざと子供を何処かに置き去りにしたならば、立派な罪である。行き倒れの人間を放置しても罰を食らう。ましてや年端もいかぬ子供を捨てれば重い罪となった。

「お願いだよ、兼蔵さん……孝助を返して。うちにいるときは、ろくに遊んでもやらないで、可愛がりもしなかったじゃないか。なのに、どうして……」

しがみつくように迫るお絹に、兼蔵はバツが悪そうに、

「たしかに俺にはなついてなかったからな。でも、お繭がいないんじゃ、年取ったおふくろさんに任せるわけにもいかねえと思ってよ……ま、何処かで元気にやってるだろうぜ」

と身も蓋もないことを言った。

さすがに与太郎も腹に据えかね、

「分かった。ならば、こっちで探す。だが、おまえたちがやったことは人として最低のことだ。つい先日も、赤ん坊を捨てた女がいるが、おまえたちも同罪なので、町方同心にも届けておく。覚悟しておけよ」

と睨みつけて、まずはお絹の気持ちを抑えようと立ち去った。

そんな様子を――近くの路地から、お蝶が見ていた。何か言いたそうな顔だったが、身を翻して姿を消した。

子返し天神に、お絹を連れ帰った与太郎は、先刻とは違う険しい顔で、宮司に迫った。

「どういう了見か聞かせて貰おうか」

「えっ……」

「霊力で探し出すなんてことが、あるわけがないではないか。たしかに兼蔵はいたが、子供は何処ぞに捨てたとか」

「まさか……本当ですか……」

わずかに目が泳いだ宮司の情けない表情を、与太郎は見逃さなかった。

「何か子細があるのだな。正直に話した方が、身のためだと思うがな」

「身のため……」

「俺は毎日のように箱根権現に参って、神主から色んな話を聞いてた。祝詞は子守歌のようなものだったから耳の奥に染み着いている。おまえのは出鱈目《でたらめ》とは言わぬが、他の神職ならば誤魔化されないほど底が浅い」

「………」

「徳右衛門も雲行きが悪くなると、そそくさと立ち去った。おまえたちも人に言えないような何かをしているのか」

「そ、そんな人聞きの悪いことを……」

社務所の片隅で、お絹は絶望の淵《ふち》に立たされたように泣いていた。孝助の居場所が分からないのならば当然だ。

「私はキチンとお絹さんの婿と孫がいる所を教えたではありませんか。しかも、あの産女に聞いたことですから、もし間違っていたとしても、私のせいでは……」

「ないと言いたいのか」

与太郎はタチの悪い奴だなと睨みつけたが、宮司は必死に訴え続けた。

「だって、与太郎様にも見えたじゃないですか。赤ん坊を産み落としてすぐ、死んじまったらしいが、赤ん坊が何処にいるか、分からないって」

「よせ、そんな出鱈目は」

「本当です。私には見えるのです。霊となって彷徨っているのが……」

と言いかけた宮司がヒッと声を上げた。

この前と同じ姿の産女が、社務所の片隅に立っている。

「ひえっ……！」

宮司は悲鳴のような声を上げて一方を指さした。そこには、濡れた髪を垂らした産女がいたが、衝立《ついたて》が邪魔になって、与太郎とお絹からは見えなかった。

「お願いだよ、宮司さん。私の思いを聞いておくれな」

「わ、わっ……」

「お願いです、宮司様……」

産女の顔は薄黒く淀《よど》んでおり、瞼《まぶた》の下は痣《あざ》だらけで、唇は真っ青だ。長い髪は垂れたままで、目は不気味に揺れている。

「私は小夜《さよ》といいます。上総《かずさ》の小さな村から女衒《ぜげん》に買われて、江戸の岡場所に売られました。深川の材木問屋の旦那の囲われ者になりましたが、そこに雇われていた鳶人足と理無《わりな》い仲になって逃げました」

「――おい。そこにいるのは誰なのだ」

声は与太郎とお絹にも聞こえているが、小刻みに震えている掠《かす》れ声《ごえ》である。宮司は目が点になって、一方を見つめている。

「けれど、男は不真面目な奴で長続きはしなかった。私は精一杯、尽くそうとしたけれど、邪険にされて馬鹿と罵られ、毎日のように叩かれてました。だから、その男からも逃げてきたのです……江戸に舞い戻ったものの、女ひとりで生きていくのは難しい。結局、また悪い輩に引っかかり、転々と男が変わって……お腹にいた子が誰の子かも分からない」

「――だ、誰の話をしているのだ」

宮司が思わず聞き返すと、産女は消え入るような声で、

「でも、誰の子であれ、私の子には間違いない。なのに、私は置き去りにした……このまま私と一緒にいても幸せになれないから」

と続けた。

「もしかして、大吉の母親のことではないのか……」

与太郎は思わず立ちあがって、衝立の奥を覗くと――やはり、そこにいたのは産女に〝変装〟したお蝶であった。

「私はもう百年も、この世とあの世の間を彷徨っています。どうか、私が置き去りにし

た赤ん坊のことを宜しくお願い致します」

　お蝶がそう言うと、宮司は顔を伏せて全身を震わせていた。その肩を与太郎がポンと叩くと、宮司は「ひぃッ」とまた驚愕《きようがく》して目を見開いた。が、すでに産女こと、お蝶の姿は消えていた。

「あ……今の女は……」

　宮司が狼狽しているのを、与太郎がわざと驚かせるように、

「おそらく大吉という赤ん坊の母親の生き霊が、おまえに素性を報せに来たのだろうよ。きちんと面倒見てやるのだな」

「面倒って……」

「可哀想《かわいそう》な身の上の女だ。見捨てておけないだろう。おまえの霊力で何とかしてやったらどうだ。それとも、まだ金が必要か」

「えっ……」

　宮司と与太郎のやりとりを、お絹は不安げに見ていたが、

「私の孫も本当に探し出してくれるのですか。神主様……どうか、どうか返して下さい」

　と悲痛に泣き始めた。すると、与太郎はニンマリと笑って、

「孝助の行方ならば、もう一度、この宮司が探してくれると思うがな。霊力ではなく、

ちゃんとした道筋でな」

「あ、いえ、私は……」

「嫌と言うなら、このまま騙りの罪で、お縄になるかもしれぬな」

意外なことを与太郎が言うと、社務所の表に、円城寺と紋七がぶらりと現れた。ふたりとも十手をブンブン振り廻している。

「正直に話すがいいぜ、美濃吉《みのきち》」

「えっ……!?」

名前を呼ばれた宮司は、口をポカンと開けたまま円城寺たちを見ていた。

七

町名主の屋敷に出向いた円城寺は、徳右衛門の前にデンと座るなり、十手で胸を突っつきながら、

「おまえたちが宮司と組んで、これまで散々、人から金を巻き上げてきたことは、こっちも摑んでいるんだよ」

と鋭い目つきで睨んだ。

与太郎もいつになく険しい顔で、立ち合っていた。その横には、紋七が宮司姿のまま

の美濃吉に縄を掛けて座っている。

傍らには首を竦《すく》めている三郎衛門、お初、おるいの〝親子〟もいた。いずれも申し訳なさそうに俯《うつむ》いているが、徳右衛門だけは悪びれた様子もなく、

「一体、私たちが何をしたとおっしゃるのですかな、円城寺の旦那」

「居直る気か、徳右衛門……町名主と前の町名主が、子返し天神の宮司と組んで、悪さをしてたとは、お天道様《てんとさま》でも気づくまい」

「ですから、何のことでしょう」

「宮司……いや、美濃吉はぜんぶ吐いちまったぜ。こいつも元々は捨て子で、三郎衛門に面倒を見て貰ったことは、町の誰もが知ってらあな。長じてからは前の宮司が引き取って、一端《いっぱし》の神職に就けて貰ったんじゃねえか」

「さようですが……」

「相変わらず、子返し天神にゃ捨て子が置き去りにされることもあれば、逆にいなくなった子供を探してくれと頼みにくる者がいる」

「ええ。ですから私たちは里親を探したり、行方知れずの子供を手を尽くして……」

「分かってるよ。だが、近頃は霊力で探すなどと持ちかけては、金を巻き上げているそうではないか」

「人聞きの悪いことを……」

さらに言い訳をしようとした徳右衛門に、宮司姿のままの美濃吉は、半ば泣き出しそうになりながら言った。

「もういいよ、町名主さん……俺が悪いんだ。子供を探して欲しいと頼みに来た親御さんたちはみんな、藁《わら》にも縋りたい気持ちだ……だから、神様が探してくれると言えば、必死に頼みに来る。その弱みに付け込んで、浄財を求めれば幾らでも出す」

「おい。余計なことを言うな、美濃吉」

徳右衛門は憤懣《ふんまん》やるかたない顔になって止めようとしたが、美濃吉はもはやこれまでと正直に話した。

「俺だって分かってるよ、徳右衛門さん……いつも町入用が足りなくて、壊れた橋や泥で詰まってる側溝だって、なかなか修繕できねえ。すぐそこが日本橋の繁華な通りなのに、まるでうらびれた町みてえでよ、訪ねて来る人といや、お絹さんみたいな人ばかりだ」

「…………」

「だからって、貧乏人には金を出せなんて騙《だま》したことはねえよ、円城寺の旦那……余裕のありそうな人に、ちょいとおひねりを貰うつもりでさ。でねえと、こちとら人探しを必死でやってるのに、いつもただ働きだ」

美濃吉はしだいに情けない声になってくるが、最後は宮司らしく、

「申し訳ありませんでした。二度と人を欺くようなことは致しません。誠心誠意、償わせて戴きます」

と言った。

そこまで反省されては、徳右衛門も認めざるを得なかった。

お絹が現れたとき、探しているのは船手中間として勤め始めた男と、茶店女の〝夫婦連れ〟ではないかと思い当たる節があったのである。そこで、此度《こたび》の計画を立てたのだった。

これまでも何度か、三郎衛門やお初、おるいも一緒になって騙していたことを白状した。宮司の霊力が凄いことを吹聴《ふいちょう》し、嘘話で盛り立て、時には見えないものも見えるふりをしていたのである。

その一方で、できるだけ子供探しをしていたのは事実だ。予《あらかじ》め見つけておいてから、

――居所が分かった。

と、もっともらしいことを親に伝え、さらに詳しいことを知りたければ、子返し天神の霊力が必要だからと、浄財を吊《つ》り上げていたのである。

「ということは、孝助の居場所も本当はもう摑んでるってことだな。さあ、案内して貰おうか、徳右衛門さん」

与太郎が横から口を挟んだ。

その蕎麦屋《そばや》は、上野広小路《うえのひろこうじ》から一筋路地を入った所にあった。仕事の終わった職人や出商いが立ち寄って労《ねぎら》い合っている。

まだ日はあるが、酒を飲んでいる者もいた。米から造る酒は神様が最も喜ぶ神饌である。よって、神の霊力を体に取り込むことができると考えられていたが、残念ながら与太郎は下戸だから、昼酒などはとんでもなかった。とはいえ、賑やかな店内を見渡しながら、

「ここか……徳右衛門らが探し出したってところは……」

与太郎が意外と広い店内を見廻していると、ガチャン！　と皿や丼などが割れる激しい音が、厨房《ちゆうぼう》の方から聞こえた。同時に、苛ついた男の怒声が起こった。

「何やってやがんだ、このバカタレが！　いつもいつも、ボサーっとしやがって。ちゃんとやれ、このやろう！」

どうやら店の主人のようだった。

バシッと頬を叩くような音もした。与太郎が奥を見やると、床にしゃがみ込んで割れた器の欠片《かけら》を拾っている十一、二歳の男の子の姿があった。奉公人であろうか。

まだ幼さが残る丸顔で、頬が赤らんでいたが、それが何度も叩かれて腫れているからなのは明らかだった。

「本当に鈍臭いガキだよ。何度言ったら分かるのさ。今日は飯抜きだからね」

今度は悲鳴のような女の声が飛んできた。姐《あね》さん被《かぶ》りに薄汚れた前掛け姿の女将は、柄の悪そうな主人と似合いの性悪に見えた。四十絡みの夫婦のようだ。

「おまえの面倒は散々だよ。ほら、お客さんがいるんだから、さっさと片付けなさい」

まるで足蹴にでもしそうな勢いである。男の子は陶器の欠片で指を切ったのであろうか、血を舐《な》めながら片付けを続けていた。にも拘《かか》わらず、主人の怒声がさらに追い打ちをかける。客たちにも聞こえているが、いつものことだとばかりに、素知らぬ顔をしていた。

黙って立っている与太郎を振り向いた女将は、まるで怒鳴ったことなどなかったかのようにニッコリと笑いかけて、

「これは、男前の若いお侍さん。さあさあ、奥にどうぞ」

と手招きをした。

「その子は手を切ったようだが、手当てをしてあげたらどうだい」

「え……？」

「坊主、こっちへおいで。俺は蝦蟇《がま》の膏《あぶら》を持ってるんだ。同じ長屋住まいの蝦蟇売りのだが、効き目が凄いぞ。さあ、おいで」

と与太郎は声をかけたが、男の子はチラリと暗い目を向けただけで、黙々と後片付けを続けていた。

「ちょいと、お侍さん……余計なことはしないで下さいな。これくらいの怪我なんざ、唾でもつけておけば直に瘡蓋《かさぶた》ができまさね」

「そうか。にしても、あまりに乱暴な扱いだと思ってな」

「厳しいと言って下さいな。何事も修業中なら当たり前でしょうが。蕎麦を食べに来たのじゃなかったら、お帰り下さいまし」

女将も忙しいのか苛ついた顔で、追っ払う仕草をした。

「ここに、孝助って子供がいるはずだが、引き取りにきた。返してくれないか」

「はあ……？」

女将は眉間に皺《しわ》を寄せて、怪しげな浪人だなと睨み返してきた。

「奥に他にも子供がいるようだが、その子が孝助だな」

「だったら、何だってんだい」

「その子のことで話がしたい。俺は日本橋の米問屋『丹波屋』の裏店に住んでいる古鷹与太郎という者だ」

「与太郎……ハハ。ふざけてんですか。見りゃ分かるでしょうが。こちとら今、手が放せないんですよ」

「孝助ってことは間違いないのだね」

「名前なんか知らないよ。雨の中、店先に突っ立ってたから、入れてやったんだよ」

「迷子ってことか」

「さあねえ。迷子札も持ってなかったし……だから、なんだい」

何かを隠しているような女将だが、厨房から人相の悪い主人が出てきて、

「若いお侍さんよ。いきなり来て、子供を返せとかどうとか、冗談も大概にしやがれ。女房が言うとおり、仕事の邪魔だから帰ってくれねえか」

「顔だけでも確かめたい」

「うるせえな。迷惑だってんだろうが、出ていきやがれ。このやろう」

主人が激しく罵ると、客の中にいた遊び人風が立ちあがって、

「お武家様が来るような蕎麦屋じゃねえよ。帰った方が身のためだぜ。暇こいてぶらぶらしてると怪我するぜ」

と胸を軽く押してきたが、与太郎は構わず奥に入ろうとした。

「やめろって言ってるだろうが、こら」

乱暴を働こうとした主人と遊び人たちを突き飛ばして厨房に入り、さらに奥に踏み込むと、そこには――五歳くらいの男の子がいて、ひとりで拳玉のような玩具で遊んでいた。まだ拙《つたな》いので上手くいかないが、没頭して繰り返している。

「孝助かい」

与太郎が声をかけると、振り向いた子供は吃驚したようにじっと見つめた。目鼻立ち

がクッキリとしていて、利発そうな顔をしている。上目遣いの目は不安そうだったが、「お祖母ちゃんが迎えに来てるよ。お絹ばあさんだ」と言うと、一瞬、表情が明るくなった。そして、ゆっくり立ち上がって、お絹を探すような素振りになった。

次の瞬間、男の子の顔が燦《きら》めいた。その視線の先に、お絹の姿を見つけたからだ。店の主人や女将、客たちを押し分けるように近づいてきたお絹は、

「——こ、孝助……会いたかったよ、孝助……！」

と男の子の前に座って抱きしめた。

「ばあちゃん……わああ……ばあちゃんだ、ばあちゃんだ！」

堰《せき》を切ったように泣き出した孝助を、お絹はさらに強く包み込んだ。孝助の大粒の涙が、お絹の頰の涙と混じって、五月雨のように流れるのだった。

そんな様子を見て、店の主人と女将の目にも情けの色が浮かんでいた。

八

蕎麦屋夫婦の名前は、権平《ごんぺい》とおちかという。与太郎の前に座って、ふたりとも恐縮していた。

この蕎麦屋は、権平の親父から継いで、もう十年余りになるという。さっき手を上げていたのは自分たちの息子ではなく、やはり迷子だったらしい。三歳くらいの頃に、子犬のように迷い込んできて、それきり親が現れない。だから、自分の子として育ててきたのだが、店の跡取りだから厳しくしているのだと言い訳じみた話をした。

実は他にも、同じような子を三人ばかり預かったことがあるが、ひとりは親が見つかり、後の子たちは貰い受けてくれる人がいた。

「今し方、旦那に食らいつこうとした客は、俺たち夫婦のことをよく知ってて、悪い奴が子供を連れ去ろうとしてると思っただけなんです。勘弁してやって下さいやし」

権平が首を竦めて頭を掻くと、女将も申し訳なさそうに頭を下げた。

「いや、こっちこそ、人を見かけで判断してしまって申し訳ない」

「えっ……？」

「ふたりともその面構えで、子供に手を出してるから、ろくでなしにしか思えなかった」

素直に謝る与太郎に、夫婦は唖然としながらも、

「こりゃ……へえ、ごもっともで……」

と頭を下げた。怒声を飛ばしていた男には見えない。本当は気が弱いのかもしれぬ。落ち着きなく膝をさすっている。

チラリと奥座敷を見ると、お絹と再会して落ち着いたのか、孝助は満面の笑顔で嬉しそうな声を上げている。〝おばあちゃん子〟だということがよく分かる。

与太郎はチラリと階段の方に目を向けて、

「北町奉行所の円城寺という定町廻り同心を知ってるか」

「えっ……」

俄に権平は気まずそうな顔になった。

「ここの二階では以前、隠し賭場なんかもしていたそうだな。ああ、ぜんぶ聞いた」

「だ、旦那……本当は目付《めつけ》かなんかですかい。よく見りゃ風格があるし……」

謙《へりくだ》った態度で権平は曖昧に答えたが、与太郎は淡々と、

「やはり、そうなのか。賭け事は御法度と承知しながら、円城寺さんがおまえたちをお縄にしないのはどうしてだ。随分と袖の下を渡したのであろうな」

「いや、それは……」

「しかも、地廻りの浅草の寅五郎《とらごろう》とやらに半ば強引にやらされていたものだから、見逃してくれたとか……随分と酷い話だな」

権平はおちかに小さく頷くと、渋々ではあるが、話し始めた。

「俺たちだって、そんな危ない真似をしたくなかったが、店には遊び人の奴らも来るので……そんな中に、兼蔵という元は浅草の寅五郎一家の子分がいて、うちの二階を貸せ

と脅されたんです」

「兼蔵……？」

　思わず与太郎はお絹と孝助の方を見やってから、

「知ってるのか、兼蔵って奴を」

　と訊き返すと、すぐに権平は頷いた。

「ええ……兼蔵は、まあ俺の昔馴染みの弟分みたいな者で、素行が悪くて一時は浅草の寅五郎一家に出入りしてやした。そいつが、いきなり、そのガキ……いえ、孝助を連れてきたんでさ。預かってくれって」

「雨の中、店先にいたってのは嘘なのか」

「お侍さんが何処の誰か分からないから、とっさに……江戸じゃ人買いも珍しくないからな。俺なりに守ってやりたかっただけさね」

「…………」

「それに、兼蔵に頼まれたら断り切れねえ。逆らえば、寅五郎一家に何をされるか分からないからよ……この二階の賭場の上がりだって、半分は寅五郎一家に行くことになってるけど、逆らいたくなかった」

「なるほど。兼蔵ってのは、しょうがない男だったたってことか。もしかして船手中間になったのも、そこで隠し賭場をやるつもりなのかもしれぬな。やはり、お繭と一緒になったのは、金が狙いだったか」

「え……？」

「おまえだって少しはいい目を見ていたのではないのか」

「まあ、雀《すずめ》の涙ほどです。見てのとおり、しがない蕎麦屋だ。しかも、捨て子まで預かって育ててんだから、金が要るんですよ」

「そうか。おまえたち夫婦も、三郎衛門のように迷い子の面倒を見るとは、本当は良い人間だったのだな」

与太郎が改めて褒めると、おちかは首を横に振って、

「私らには子供がいないから……それだけのことですよ。子供を扱《こ》き使ってるわけじゃないけれど、役には立つしね」

「だが、叩いたり怒鳴ったりするのは良くないな」

「まあ、そうですが……」

「子供を厄介払いした親に比べれば善人だとは思うが、牛馬ではないのだから、手を上げるのは如何《いかが》なものか。もし、これからもさようなことをすると、黙って見過ごすわけにはいかぬな」

その物言いは、まるで町奉行か誰か偉い人のようで、権平夫婦はまた萎縮した。

「まあ、訳はどうであれ、自分の子として育てているのは感心するが、酷い扱いはよし

た方がいいぞ」

「あれは……躾ですよ。小さい頃から体に叩き込まねばならねえことも……」

「乱暴に扱えば、心が傷つくだけだと思うがな」

与太郎が少し語気を強めると、

「たしかに、俺も小さい頃は親父に殴られてばかりでいやだった」

と権平は呟くように言って、これからは子供の気持ちを考えると頭を下げ、

「でも、今になって親父の気持ちも分かるような気もしやす」

「そうか。子を持って初めて親の恩を知ると同時に、子の恩をも知ることができる。自己を忘れて子を可愛がる。無我の心持ち、利他の喜びを教えてくれるのは、かような子供たちなのだ」

「お若いのに、よく……」

「なに、爺っ様の受け売りだ。ハハハ。では、孝助は引き取って帰るぞ」

「はい……」

「兼蔵には俺から伝えておく。この子はどうやら、親父のもとよりも、祖母と一緒に暮らす方が幸せかもしれぬ。俺も箱根の山奥で祖父《じい》さんに育てられたが、ちっとも寂しくはなかった」

「そうでしたか……」

「本当は二親が揃っているのが一番良いのだろうが、選ぶのは子供だ。では、ごめん」

与太郎が立ちあがると、赤ん坊の泣き声がした。すぐさま、おちかが奥に行って、

「よしよし。乳が欲しいのかねえ。泣かなくていいよ」などとあやしながら抱っこをして店から表に出ていった。近所の子持ち女に貰い乳をしに行ったのだ。

「まだ他にもいたのか……？」

「へえ。うちの噂が流れてるもので、置き去りにする奴が跡を絶たなくて困ってやす」

仕方ないと諦め顔をしながらも、権平は本当は子供が好きなのであろう。捨て子がいれば面倒を見るのは当然だと笑った。

一方——。

〝おたふく長屋〟で面倒を見ていた赤ん坊は、お蝶があちこち調べた挙げ句、深川は富《とみ》岡八幡宮《おかはちまんぐう》裏手にある長屋に住んでいる、お才《さい》という産婆が取り上げたと分かった。

産婆の話では、母親の名は志津《しず》と名乗っていたが、本当かどうかは分からない。ほとんど臨月だったが、富岡八幡宮の境内で参拝中に倒れたのを見かけたお才が自分の部屋に連れていき、様子を窺っているうちに、産気づいたのだという。

何処の誰かと尋ねても、志津はハッキリと身許《みもと》を話すことはなく、しばらく置いてくれと頼んだという。望まぬ妊娠だったのか、それとも男が雲隠れしたのか。それでも十

月十日、自分の腹の中で育ってくれれば愛情が湧くというものだ。

　お才という産婆は、志津が出産した日のことをよく覚えていた。屋根が壊れるかと思えるくらい、激しい大雨の夜だった。しかも、逆子だったせいで随分と難儀をしたという。臍《へそ》の緒《お》が赤子の首に巻き付いて死ぬこともあるから、慎重に慎重を期した。

「生まれ出た時には体が青白く、死にかかっていたけれど、湯につけたり冷やしたりしながら背中を叩いて、なんとか息を吹き返したんだ。ようやく消え入るような泣き声を洩らした」

　お才はその時の様子を詳細に話したという。志津の方も出血が激しく、意識が朦朧《もうろう》となるほどだった。そこまで苦労して産んだ子を置き去りにするとは信じられないと驚くと同時に、父親がいないということに憐れみを感じていたと、お蝶は話した。

　聞いていた加奈は、同情の思いで赤ん坊を抱きながら、

「大吉……おまえは可哀想だねえ……でも、こうして生まれてきた。お母さんはなんとか産んでくれたんだから、頑張って生きていこうね」

　と声をかけた。

「与太郎さん……この赤ん坊、私が育てる。働いてる店に捨てられたのも縁だと思う。元気に育ててみたい」

　加奈は決意したように言ったが、様子を見に来ていた長屋のおかみさん連中が、

「そんなこと軽々しく決めちゃだめだよ」

「子犬や迷い猫じゃないんだからさ」

「本当だよ。加奈さんはまだ若いし、いい人を見つけて自分の子を産めるじゃないか」

口々に軽挙はならないと、おかみさんたちが言っている中で、大工の松吉の女房の小《こ》梅《うめ》が前に出た。加奈に両手を差し出して、赤ん坊を包み込んであやしながら、

「この子は、うちの次男として育てるよ。竹三もひとりっ子じゃ寂しいだろうから、すぐに遊び相手になるってもんさ」

と小梅は笑顔で言った。

周りのみんなも、「それはいい」と当然のように笑顔が広がった。加奈だけは、どうしても自分が育てたいという顔をしたが、

「あんたはまだまだ先のある娘さんだ。苦労することはないよ。長屋のみんなで面倒見るから心配ないよ」

「でも……」

「加奈さんは、ほれ、与太郎さんの子を産んで、幸せになったらいい」

「――いやだあ。小梅さんたら……！」

ひとしきり照れる加奈を、亀助の女房のお鶴《つる》やおかねたちもからかったが、与太郎は照れもせずにニコニコと笑っていた。その横でお蝶がぶんむくれて腕をつねると、

「いてて……」

と与太郎は軽い悲鳴を上げた。

「おや。お蝶さんがなんで焼き餅をやくんだい。だって、妹さんでしょ。あれ？　本当は違うのかい」

お鶴がからかうように言うと、他の連中も「なんだか妙な塩梅《あんばい》だなあ」と笑った。加奈も合わせて曖昧に苦笑していたが、やはり少し気になっているようだった。

翌朝――。

いつものように、与太郎の大きな鼾で長屋の連中は叩き起こされた。松吉や亀助らがぞろぞろと表戸まで集まって、

「与太郎さん……いい加減にして下さいよ。まだ暗いってえのに……」

と文句を言おうとすると、今度は火が付いたような赤ん坊の泣き声が湧き起こった。大吉が大泣きし始めたのである。

その声に、逢坂錦兵衛、加奈、亀助の女房お鶴や娘の美代《みよ》、飾り物職人の弥七に、隠居の安兵衛と吾市《ごいち》親子から、料理屋仲居のおかねやその子供たち、そして順庵医師まで長屋の面々が勢揃いで表に出てきた。

だが、与太郎だけは赤ん坊の泣き声と呼応するかのように、

――オギャア、ゴオオ、オギャア、ゴオゴオ……。

と鼾を続けて起きてくる様子はない。

今朝も〝おたふく長屋〟の面々は寝不足で一日が始まりそうである。高鼾と泣き声の〝合唱〟が響く中で、白々とした空が広がってくるのであった。

第二話

女船頭唄

一

小雨がちらつく隅田川から江戸湾に流れ出る、一艘の屋形船があった。船室の障子窓からは行灯《あんどん》の薄明かりが洩れており、それが水面の波に映って美しく揺れていた。だが、屋形船の中では、薄汚れた人間の息遣いが聞こえるようだった。

艫《とも》で櫓《ろ》を漕《こ》いでいるのは、船頭に扮《ふん》している小料理屋『蒼月』の板前・銀平である。正体は〝ムササビ小僧〟という義賊で、近頃は与太郎の密偵紛《まが》いのことをすることがある。与太郎があれこれと事件に余計な首を突っ込むことがあり、危なっかしくて見て見ぬふりができないからである。何事にも、

「誰にも迷惑をかけたくないのだ」

というのが与太郎の口癖だが、

「それが迷惑だって気がついてないのかい」

と周りの者たちには思われている。いわば大きなお世話で迷惑ばかりかけているのだ。

此度も与太郎がひょんなことから、悪い奴らの動きに勘づいたことで、町方同心よろ

しく探索の真似事を始めたので、銀平もまたお節介をしているのだ。

相手が相手だけに、危険な探索であることは百も承知である。もっとも、銀平も今は板前とはいえ、昔はそれなりに裏渡世の中に埋もれるように暮らしていたし、盗《ぬす》っ人稼《と》業もやってきた。ゆえに、しゃしゃり出たくなるのである。蛇の道は蛇ではないが、よからぬ輩については実に鼻が利くのだった。

——ピシャ、ピシャ……。

船縁《ふなべり》を打つ水音と小雨の音、そして海風が入り混じって、屋形船は心地よく漂っている。銀平はおもむろに櫓を置いて波に任せながら、船室内から微《かす》かに漏れ聞こえてくる声に耳を澄ました。

そこには、見るからに悪辣そうな顔で、恰幅《かっぷく》のよい武士が杯を傾けており、その前には、上品な羽織姿の商家の旦那風の男が正座で控えていた。お互いにぼそぼそと何やら話した後、商人の方が深い溜息をついて、

「これからはもう私はいらぬ……ということでしょうか。御前《ごぜん》のために色々と手配りしてきたことも、一切なきことにと」

「察してくれ。俺もまだ命は惜しい」

武士は勘定組頭・黒沼亥一郎《くろぬまいいちろう》であり、旦那風は札差《ふださし》『越前屋《えちぜんや》』久左衛門《きゅうざえもん》である。

「では、すべては灰にしておきますが、御前の首が飛ばない代わりに、私の身が危うく

なるなんぞということは……」

「安心せい。おまえの名は一切封じておる。たしかに評定所の追及は厳しくなったが、証拠は何ひとつない。しばらく大人しくしておれば、馬鹿共はすぐに忘れおる」

「さようですか……」

久左衛門はわずかに疑わしい目になったが、あえて安堵《あんど》したような顔を向けて、

「信じましょう。ですが、万一のことがありますので、これからは御前にお渡しするはずの賄賂《まいない》も控えねばなりませんね」

「とにかく、くれぐれも下手を踏まぬようにな。ここを乗りきれば、まだまだ稼ぐことができる。おまえも、これまで築いたものを壊したくはあるまい」

「それはお互い様でございましょう」

苦笑した久左衛門は、黒沼に銚子《ちょうし》を差し出して酒を注いだ。それからふたりは無言になって、波に身を委せていた。

一刻《いっとき》（約二時間）ほど船を漂わせてから、八丁堀の河岸に着けようとしたときである。

——ドスンドスン！

と音を立てて、屋形船が激しく揺れた。どうやら他の船とぶつかった衝撃のようであった。

危うく銀平も海に落ちそうになった。

「何事だ、船頭」

黒沼が苛ついた声をかけると、障子戸越しに船頭姿の銀平が答えた。

「相済みません。小雨の上にこの暗さですから、別の船にぶつけてしまいました。屋形船は大丈夫ですので、どうかご安心して下せえ」

「気をつけろ」

「へえ。申し訳ありませんでした」

銀平が謝った途端、さらにガタガタと船体の横にぶつかる音がして、屋形船が揺れた。同時に、怒声が湧き起こった。しかも、ひとりふたりではなく、十数人の激しい声である。

「なにやってんだ、こら！」「ぶつかったのは、そっちじゃねえか！」「ちゃんと謝れ、このやろう！」

などと叫びながら、屋形船の舳先《へさき》や艫に数人の艀《はしけ》人足が乗り込んできた。

荒々しい態度に、銀平も驚きを隠せなかった。が、たしかに不注意だったのは銀平の方である。船室内のふたりの声に集中していたせいで、船があらぬ方に流れていることに気づくのが遅れたのである。

艀からは幾つかの船荷が海に落ちたらしく、「どうしてくれるんだ、このやろう」と、ならず者のような声を上げている。先頭で近づいてきた艀人足はいきなり、銀平の胸ぐ

らを摑んで、

「船頭！　てめえ、どこに目をつけてやがるんだ！」

と殴りかかった。が、銀平はとっさに相手の腕を捻って投げ飛ばしてしまった。それがキッカケで艀人足たちはさらに激昂《げっこう》して、障子戸を蹴飛ばして船室にも乗り込んだ。

そこにいる黒沼はすでに刀を持っていて、立ち上がっている。

「俺は旗本だ。なんだ、この騒ぎは」

人相が悪い上に体軀《たいく》も大きな黒沼に、艀人足たちは一瞬、たじろいだ。旗本と名乗られたことで尻込みする艀人足たちもいた。

「無用な争いはやめろ。でないと、遠慮無く成敗するぞ」

語気を強める黒沼に隠れるように、久左衛門は立っていたが、すぐさま懐から財布を取り出して、小判を十両ばかり投げた。

「今日のところは、それで退散しなさい。でないと、余計に厄介なことになりますぞ」

面倒は避けたい思いが久左衛門にはあったが、相手の艀人足たちも小判を見て気が変わったのか、それを拾うなり、

「今日のところはこれで勘弁してやらあ。水遊びもいいが、気をつけるんだな」

と逃げるように艀に戻った。

ほっと溜息をついてから、久左衛門は黒沼を見やり、

「たまにいるんですよ。わざとぶつけて因縁をつけ、船が壊れただの荷物が沈んだのだと金を要求する輩が」

「──まさか、話を聞かれたのではあるまいな」

「それはないでしょう……おい、船頭さんや。ミソがついたから、もう戻っておくれ」

久左衛門が声をかけたが返事がない。もう一度、呼びかけながら艫を覗いてみると、銀平の姿はなかった。

「おい、船頭さんや……？」

ほったらかしにされた櫓がガタガタと動いているだけで、屋形船は小雨の中で不安定に揺れていた。数艘はいたと思われる艀もすでに離れていっている。

さっきの騒動で海に落とされたのではないかと、久左衛門は銀平の姿を探していた。

日本橋平松町《ひらまつちょう》の片隅にある『蒼月』に帰ってきた銀平は、待っていた与太郎に挨拶をした。

屋形船の騒ぎの後、銀平は艀にこっそり潜り込んで、鉄砲洲《てっぽうず》の河岸に上がっていたのだ。つまり、屋形船はほったらかしにしてきたのである。思わぬ事情を伝えてから、屋形船で耳にした一部始終を話そうとした。

「銀平……俺のせいで済まぬな」

与太郎が言うと、銀平は真顔のままで、

「いえ、あっしが勝手にやってることですから、お気になさらず」

「まあ、一杯どうだい」

与太郎が燗酒《かんざけ》を差し出すと、銀平は真面目なのか話が先だと断って、

「与太郎さんが睨んだとおり、勘定組頭の黒沼亥一郎と札差の『越前屋』久左衛門は、どうやら公儀の動きに感づいてやす。このままでは、色々なことが闇から闇に葬られることになるでしょうねえ」

銀平が神妙な顔になると、与太郎は困ったように首をコキコキと鳴らしながら、

「そうだよなあ。勘定組頭といや、勘定奉行の下で公金を扱ってるお偉い人だ。なのに、札差と組んで、美味しい思いをしてたか」

「札差ってのも、天領からの米を扱ってる、幕府公認の商人ですからね。やろうと思えば、いくらでも悪さができるでやしょ」

「ふむ……久左衛門が黒沼に渡した賄賂の裏帳簿でもあれば、評定所で責め立てられるだろうにな」

その際は、与太郎はキチンと荻野山中藩の江戸家老として告発するつもりである。むろん、一藩の江戸家老如《ごと》きが公儀のことに首を突っ込むことなどできないが、小田原藩主は代々、老中を担ってきたし、その支藩の荻野山中藩の意見は無視できぬであろう。

「どうやら、黒沼と久左衛門ふたりは、しばらく鳴りを潜めるつもりのようですが、あっしもあっしなりに、証拠探しを続けてみやすよ」

「無理をするなよ。噂じゃ、黒沼とは人を人とも思わぬ輩らしいからな」

「へえ、ありがとうございやす。奴らの口振りでは、今、与太郎さんが話した裏帳簿の類はあるようです。始末する前に、あっしの腕にかけても……何とかしやす」

「では、その腕によりをかけて、今宵《こよい》は鰻《うなぎ》でも捌《さば》いて貰おうかねえ」

「合点承知の助でえ……」

銀平は鼻先を掌《てのひら》で上げて、包丁を持つなり俎板《まないた》をトトンと軽やかに叩き始めた。心配そうに傍らで聞いていた女将のお恵が、

「いつの世も、悪い奴ってのは、どうして使い切ることもできない金を欲しがるんでしょうねえ。私たちみたいに、汗水流して金を稼ぐってことを知らないのかねえ」

「だな。楽して儲《もう》けるのはダメだと、爺っ様は常々、口にしてたがな」

「でも、与太郎さん……銀平さんが見たそいつら、どうして悪事を隠し通す自信があるんだろうねえ……いっそのこと、『越前屋』に脅しをかまして白状させてもいいんじゃ」

「おいおい。女将まで危ない真似はしないでくれよ。これは俺の遊びだ」

「遊び……？」

「ああ。隠れんぼや鬼ごっこみたいなものだ。鬼から逃げるか鬼退治するか。ハハ、ど

っちにしろ楽しいではないか」

与太郎の能天気な言い草に、お恵もニコリと微笑みかけて、

「遊びなら私もまぜて貰いたいですけどねえ……でも、勘定組頭と札差でしょ。本当なら、襟を正さなければいけない人たちが、何千何万両もボロ儲けとは、ヨッ、閻魔様《えんまさま》でも気づかないわいなあ」

と悪ふざけしながら、杯を呷《あお》った。そして、与太郎に寄り添って、まるで口説くように何やら耳元に囁《ささや》くのであった。与太郎はただただだくすぐったいと体を捩《よじ》るのを、銀平は苦笑しながら見ていた。

そこに、逢坂錦兵衛が暖簾《のれん》を潜って入ってきて、アッと立ち止まった。そして、すぐに背中を向けて出て行くのだった。

二

その夜、江戸市中は海風が強かったが、湿っぽいので火事は起こりそうにはなかった。だが、町木戸ですら激しく揺れるほどになって、とうとう大きな炎が浅草御蔵《おくら》の方で燃え上がった。

江戸町火消〝十番組と組〟の鳶人足二百人が一斉に集まってきていた。頭の長五郎《ちょうごろう》が

道具持半纏《はんてん》姿で、丸に二つ引流しの纏《まとい》を振り廻しながら、腹掛け、股引《ももひき》、長半纏の若い衆を率いて駆けつけて来ると、すでに札差屋敷は燃え盛っていた。

「ぐずぐずするな。延焼しねえように全力でぶっ壊せ！」

若い衆たちは緊張に満ちた顔で「へい！」と答えたが、炎に包まれている札差『越前屋』の軒看板はすでに焼けながら路上に落下していた。

店はもう手のつけようがないほどだが、黒煙が奥からも広がっている。屋敷や蔵を壊す一方で、竜吐水《りゅうどすい》をかけながら、鎮火をしようと若い衆たちは懸命に働いていた。

『越前屋』の奥は、猛烈な音を立てて激しく燃え上がり、炎は隣の札差の屋敷に燃え移りそうな勢いだった。刺子頭巾に長半纏で纏を持った頭が駆け登るはずの屋根すら、熱気で崩れそうであった。

「人を助けろ！　隣の店も危ねえぞ！」

長五郎の声に、一斉に気勢を上げて散る若い衆たちは梯子《はしご》を掛けて塀を乗り越えるや、燃え上がっている蔵に向かって駆け込んだ。長五郎は鳶口で蔵の鍵をぶっ壊すと、「それ、かかれえ！」と大声で叫んだ。

勢いを増して燃え盛る炎に勇敢に向かっていき、長鳶や大木槌などで燃える柱や梁を叩き壊しはじめた太吉《たきち》ら若い衆たちの雄姿を、長五郎は鋭い目で見守っていた。そこに、『越前屋』の番頭丑兵衛《うへえ》が駆けて来た。長五郎とは顔馴染みであるが、丑兵衛はまった

く血の気のない顔で、

「お待ち下さいまし！　蔵の中には旦那様がいるはずです！　入ったまま出てきていないのです！」

蔵の中に行くことを、久左衛門は手代たちにも伝えたという。

「なんだと!?　鍵は俺がこじ開けたぞ！　人が中にいるはずがないッ」

「そんな馬鹿な……」

長五郎は慌てて蔵に飛び込んで見廻したが、人影は見えない。もっとも炎と煙で隅々までは探しようもなかった。

「旦那様は帳簿をつけた後、この蔵の中にあるねずみ穴を塞ぐと言って入ったまま、まだ出てきていないのです」

丑兵衛は泣き崩れそうになっていた。だが、長五郎は蔵には外から鍵が掛かったままだったことから、番頭の勘違いではないかと思った。それでも、

「久左衛門さん！　いるかあ！　おい！」

若い衆たちも蔵の奥まで覗いてみたが、久左衛門らしき者の姿はない。

「急いで消さないと、隣家にも燃え広がりますぜ！」

塀の両隣には商家が連なっている。長五郎はやむなく若い衆たちに命じて、蔵を壊し消火を続けた。間近の火の見櫓の半鐘が激しく打ち鳴らされる中、越前屋の蔵の壁を崩

し、屋根も落とし、ようやく火を鎮めることができたのは半刻《はんとき》（約一時間）後のことだった。

まだ焦げた臭いが激しく、煙がくすぶっている瓦礫《がれき》の中を、煤《すす》だらけの長五郎が検分していた。火事場の残り火がさらなる炎を生み出しかねないからだ。

長五郎が今一度、燃えた残骸に天水桶《てんすいおけ》の水をぶっかけたとき、物凄い悲鳴が越前屋の屋敷跡からあがった。

「――!? なんだッ」

振り返った長五郎たちの目に飛び込んできたのは炎のかたまりだ。消えたはずの所がまた燃えている。

驚いた長五郎たちは再び、必死に消火に当たったが、その焼け跡の瓦礫の中からは、久左衛門の焼死体が見つかったのだった。顔はほとんど焼けただれており、番頭の丑兵衛や店の手代たちは衝撃で声も出なかった。

あまりのことに、長五郎の胸には苦々しい思いが広がっていた。

――『越前屋』久左衛門が火事場で死体で見つかった。

という報せに、与太郎は驚きを隠せなかった。

何かあると疑いたくなるのは、当然のことだったが、それは銀平も同じだった。

「俺が屋形船で話を聞いていたときには、黒沼と久左衛門はほとぼりが冷めるまで……

などと話してやしたが、もしかして黒沼は裏帳簿もろとも久左衛門を消したんじゃないでしょうかね」

「裏帳簿もろとも……」

「へえ。それに……火事場の瓦礫の中にあった千両箱の数が意外と少ない。あれは鉄で枠を固められていて燃えにくくなってるし、小判は溶けても残ってやす……世間で思われているほど溜《た》め込んでなかったのかもしれねえが」

「あるいは火事の前に下手人が盗んでいた……とか」

そう勘繰りたくなるのは当然であろう。公儀役人のお偉方というのは、自分の立場が悪くなれば、容赦なく口封じをするものだ。

銀平は、〝十番組と組〟の頭・長五郎とは古い付き合いである。お互い釣り好きで、獲物は銀平が捌いて食わせていた。もっとも、長五郎は火消しになってからは、暢気《のんき》に釣りに興じることはなく、何時何処《いつどこ》で発生するか分からない火事のために待機したり、見廻りを心がけていた。

「どういう塩梅か、あっしが聞いてみますよ……此度の火事には何か裏があると、早速、北町の円城寺の旦那と紋七親分は動いているようですからね」

乗りかかった船だからと銀平は言うが、与太郎は自分が余計なことに首を突っ込んだせいで、久左衛門が死ぬハメになったのではないかと心が痛んだ。

「与太郎さんのせいじゃありやせんよ。あっしはこの目と耳で確認したんです。どうせろくな死に方はしない。自業自得ってやつです」

銀平は慰めるつもりだろうが、与太郎はさすがに死人まで出ると、勇み足だったかと気を揉《も》むのだった。

長五郎を訪ねた銀平は、率直に火事場で起こった事件について訊いた。これが単に火事に巻き込まれたことであれ、誰かが仕組んだ殺しであれ、町奉行所は探索しなければならない。

先客として円城寺が来ていたが、銀平はズケズケとふたりの間に入って、

「札差『越前屋』の主人が殺されたそうだな」

と訊いた。

殺されたという言葉に、円城寺の方が食らいついた。

「おう、『蒼月』の銀平じゃないか。おまえ、なんで、そんなふうに思うんだ」

「だって、『越前屋』といや札差の中でも、大身の旗本を扱ってるじゃないですか。てめえの家で出した火事で死ぬなんて、そんな間抜けじゃないでしょ」

「人には何が起きるか分からぬものさ」

「ですが、自分と関わりの深い旗本と悪さをしてたとなると、何か事情があると勘繰られても不思議じゃねえでしょ」

勿体《もったい》つけたように言う銀平に、円城寺は苛立った様子で、

「何か知ってるなら、話してみろ。おまえは前々から、どうも胡散臭い……」

と唆すように言うと、長五郎の方が自分の火事場で死人を出したことに責任を感じ、
申し訳ありませんと円城寺に謝った。

だが、銀平はこう続けた。

「いや、これは只の火事で死んだのじゃなくて、狙いは他にあったと思いやすぜ」

「だから、何だってんだ」

「もしかしたら、何かの裏帳簿を灰にしたかった……かもしれねえし」

「おい。どういうことだ。知ってることがあるなら話せ」

もう一度、円城寺が迫ると、銀平は一瞬、言葉を呑《の》み込んでから、

「この前……久左衛門さんは、勘定組頭の黒沼亥一郎と屋形船で会ってやしてね。何やら良からぬ相談をしていた節がありやす」

「なんだと。なんで、おまえが……」

「艀人足と事故を起こしたそうでね。そいつらが事情を知ってるんじゃありやせんかね。久左衛門さんから十両もの金を貰ったしね」

銀平は探索を煽《あお》るために言ったのだが、円城寺も心が刺激されたようだった。

「屋形船は、永代橋西詰めにある『喜船《きふね》』という船宿のもので、ぶつかった艀は鉄砲洲

にある貸し倉を営んでる『美乃浦《みのうら》』とかいう船主のものでさ」

鉄砲洲には廻船問屋《かいせんどんや》やその倉がズラリと並んでいるが、貸し倉業と同時に沖合の船の荷物を運ぶ艀や川船などを持っている業者も多かった。『美乃浦』というのも、そのひとつである。

「嘘じゃあるまいな、銀平。出鱈目ならただじゃ済まさないからな」

円城寺が睨みつけて飛び出していくと、銀平は長五郎に訊いた。

「どうなんだ、おまえの見立てでは……殺しじゃねえのか」

「どんな悪いことをしていたか知らねえが、こんな死に方はあんまりだ……火事で死んだのは俺たちのせいかもしれねえ。もっと早く駆けつけて消してりゃ……」

長五郎が自分を責めると、銀平は慰めようとしたが、

「火事場に不審なことがあったんだ……円城寺の旦那にも話したが、実は……油が撒《ま》かれたような痕があったのだ」

「えっ……!?」

「火事場で油の臭いがした。行灯や蠟燭《ろうそく》が倒れて厨房などの油に燃え移ることもなくはねえが……俺は付け火だと睨んでる。あまりに火の廻りが早過ぎたしな」

溜息混じりで言ったとき、〝十番組と組〟の屋敷の玄関に人が押し寄せてきた。町名主や長屋の家主など町人たちが、今般の火事騒ぎについて事情を聞きにきたのだ。

長五郎が玄関に出るなり、

「頭！　きちんと話をして下さい！　ちゃんと火消しを務めて貰わなければ困りますな。これでは、私たちは安心して夜も寝られないではありませんか！」

町名主らが怒っているのは、懇親にしていた『越前屋』の主人が自宅の蔵の火事で死んだことである。事前に防ぐことはできなかったのか、もっと早く消火できなかったのかと、怒っているのだ。長五郎としては謝るしかなかった。

「長五郎さんのせいとは言いませんがね、亡くなった『越前屋』さんは本当にいい人だった。あんないい人はなかなかいない。久左衛門さんのお陰で、町入用は過分にあったから、住人は不安がなかった」

「申し訳ありやせん……」

と長五郎は謝る一方だったが、たまらず銀平は前に出て、

「付け火の疑いもあるんだ。頭を責め立てても仕方がないだろうね」

「なんだね、あんたは」

町名主はさらに眉を逆立てて、

「こんな人に言い訳を頼むなんて、頭らしくありませんな。出火の原因が何であれ、人の命を守るのが、あんたらの仕事でしょうが。下手すると私たちの店や屋敷も大火事になるところだったんですからね」

ここぞとばかりに文句を投げつけた。

「おっしゃるとおりです。付け火だろうが、何だろうが、俺たち火消しが始末できなかったことが悪うございます」

長五郎は押しかけてきた町名主たちに向き直って、

「町奉行所からも呼び出しが来ております。誰がなんと言おうと、久左衛門さんを死なせたのは俺の手落ちでさ」

「頭……そこまで自分を責めることはありやせんよ」

戸惑う町名主たちに、銀平は思わず声を強めた。

「こんなことは言いたかねえが、久左衛門って奴はおまえさん方が思ってるような善人じゃねえぞ。誰かに、〝殺された〟んだ」

「えっ……」

さすがに町名主たちも驚いたが、何を証拠にそのような話をしているのか、理解はできていなかった。だが、銀平は懸命に長五郎を庇うように言った。

「頭を責めるのはお門違いだぜ。おまえさん方も承知だと思うが、町火消ってなあ、火を消し損ねただけで下手すりゃ牢送りだ。それだけの覚悟でやってんだ。命を賭けてんだ。四の五の言わずに、労ってやろうって優しさがてめえらにはねえのかッ」

「よせ、銀平……」

必死に長五郎は止めたが、銀平のならず者のような言い草に、

「いずれにせよ、頭。キッチリと始末はつけて貰いますからね。つまり、あなたには町火消を辞めて貰うってことです」

と町名主は明言すると、他の者たちと憤懣やるかたない顔で立ち去った。じっと耐えて聞いていた長五郎の配下の鳶人足たちも、奥歯を嚙みしめて懸命に怒りを抑えていた。

三

鉄砲洲の先端近くにある『美乃浦』を訪ねた円城寺は、屋形船との事故について話を聞きたいから主人に会わせろと迫った。

出てきたのは、なかなかの美形で、いわゆる小股の切れ上がった女だった。年の頃は三十路《みそじ》くらいかもしれないが、鉄火芸者のような艶やかさがあった。

「内儀じゃ話にならねえ。亭主を出しな」

円城寺が言うと、女は愛想笑いもせずに、むしろ睨みつけながら、

「亭主なんかいませんよ。独り身です」

「ここは貸し倉もしてるし、艀の船主でもあるんだよな」

「ええ、そうですよ」

「だから、ここ『美乃浦』の主人に用があって来たんだ。女にゃ用はねえ」

「私が主人です。女じゃいけませんか」

いかにも堂々と言ってのけた女は、美乃《みの》だと名乗った。屋号は自分の名前にちなんだものだと軒看板を指した。

「えっ……そうなのか……」

店の前はすぐ船着場になっており、桟橋の辺りには、日焼けした若い衆が十数人いて、せっせと艀の荷を下ろしている。いずれもちょっと癖のある顔つきの男たちばかりで、中には刺青《いれずみ》をしている者もいる。ならず者の扱いに慣れている円城寺が見ても、まっとうな連中には見えなかった。

「美乃……と言うたな。おまえは一体、どういう女なのだ」

「どういうって、船問屋の主人だよ」

「亭主が亡くなって跡でも継いだのかい」

「端から独り者だよ。なんで、旦那に身の上話をしなきゃいけないんだい」

「あ、いや……」

女の身で、柄の悪そうな若い衆を大勢雇っていることに、円城寺は驚いた。

「用件はなんですか。見てのとおり、私ら忙しいんでね」

肩透かしを食らったような顔をした円城寺だが、その面構えはなかなか怖いから、若い衆たちが何事かと近づいてきた。

「女将さん、何かありやしたか」

真っ先に来たのは、一際、人相の良くない男だった。

「おまえたちはいいよ、貫平《かんぺい》。仕事を続けな」

美乃は追い返そうとしたが、町方同心のことがあまり好きではないらしく、喧嘩ならいくらでも買うぞとばかりに、他の連中も集まってきた。貫平と呼ばれた兄貴格を見て、円城寺も定町廻り同心としての火がついたのか、

「上等だ。喧嘩をしたけりゃ、かかってこい……どいつもこいつも、まっとうじゃなさそうな面ばかりだ」

「なんだと。黙って聞いてりゃ、調子づきやがって。俺たちが何をしたってんだ」

貫平が突っかかろうとすると、美乃が間に割って入り、

「いいから、仕事に戻りなさいな。こいつの相手は私で充分だからさ」

と姐御《あねご》風に言うと、逆に若い衆たちが円城寺を取り囲んだ。同心なんか怖くないという顔つきばかりだ。年は十五、六から三十絡みの者までいようか。いずれも腕っ節には自信がありそうだった。

円城寺はそのひとりひとりの顔を見ながら、

「屋形船に乗ってた商人から、十両を巻き上げたそうだな」

と言うと、「エッ」という表情に真っ先になったのは美乃だった。どうやら、そのことは知らなかったようだ。すぐに貫平が、

「冗談じゃねえぞ。船をぶつけてきたのは、屋形船の方だ。どうせ船頭がよそ見でもしてたんだろうよ。そしたら、誰だか知らねえが、大店の旦那風の男が、十両出してきて、それで勘弁しろって言ったんだ」

と言うと、他の若い衆たちも「そうだ、そうだ」と答えた。

だが、美乃は心配そうに、

「まさか、因縁つけたりしたんじゃないだろうねえ」

「女将さん。俺たちがそんなことをすると思ってんのかい」

「思ってないけど、売られた喧嘩は買うこともあるから、心配してるんだよ」

「そんなことはしやせんよ。俺たちを信じてくれ」

貫平が言うと、他の者たちも同意して頷いた。そのやりとりを見ていた円城寺は、何が可笑《おか》しいのか噴き出して、

「そうかい、そうかい……十両を貰ったのは本当なんだ。それは女将には渡さず、てめえらでネコババしたってわけか、ええ？」

「してねえよ。海に落とされた船荷の弁償に払ったんだ。それでも足りないから、荷主に詫《わ》びを入れて……」

話している途中に貫平の肩を摑んで、今度は美乃が訊いた。

「馬鹿だね、おまえたちは。なんで、その話を私にしなかったんだい」

「だって、女将さんには余計な心配させたくねえし……」

「何かあったら、ぜんぶ話せって言ってるだろう。だから、こんな町方に要らぬ因縁をつけられるんだよ、こら」

美乃は叱りつけたが、円城寺はまた可笑しそうに笑って、

「内輪の喧嘩なら後でやんな。こっちは、もっと重大な話で来たんだよ」

「なんですか、それは……」

さらに不安げになる美乃に、顔を突きつけるように円城寺は言った。

「おまえたちに十両を払ったのは、『越前屋』という札差でな……火事で死んだ」

「ええっ！」

「ちょいと事情を聞かせて貰おうか。ただの火事じゃなくて、もしかしたら殺しの疑いもありそうなのでな」

意味深長な言い草に、美乃はますます不安げにどういうことかと訊いてきた。

「屋形船にぶつかったのは本当なのだな」

今一度、訊き返す円城寺に、貫平は少しばかり畏れた風に頷いた。

「それを聞ければいいんだ。その場に一緒にいた武家は誰だか知ってるか」

「いえ……知りません……あ、旗本だと名乗ってましたが……」

「勘定組頭の黒沼という人らしい。まだ確かめてはいないが、もしその御仁だとしたら、少々、ややこしいことになりそうだな」

「どういう意味ですか……」

美乃がしがみつくように訊いてきた。円城寺は鼻で笑って、

「俺にもまだ分からぬが、勘定方といえば、この貸し倉や船問屋を営む鑑札にも関わることだ。覚悟しておいた方がいいな」

と脅すように言った。

若い衆たちは急にバツが悪そうに顔を見合わせ、美乃にも申し訳なさそうに呆然と立ち尽くしていた。


与太郎が、〝おたふく長屋〟からさほど遠くない大番屋に来たのは、その火事の翌日の昼下がりのことだった。長五郎が詮議されるとのことで、気になって訪ねてみたのだ。

詮議所には、吟味方《ぎんみかた》与力の藤堂逸馬《とうどういつま》が神妙な顔で、土間に座らされている長五郎に問いかけている最中だった。藤堂は、北町奉行から信任の厚い三十半ばの遣り手《やて》だとのことで、凛然とした態度と風貌には自信が漲《みなぎ》っていた。

「これこれ。関わりなき者が入ってはならぬぞ」

同心が声をかけたが、与太郎は大して気にする様子もなく、

「俺は日本橋の米問屋『丹波屋』の裏店に居候している古鷹与太郎という者だ。町火消の長五郎が吟味を受けると訊いてな、どんな塩梅か気になってな」

と微笑みながら言った。

「この吟味に関わりなき者は……」

と近づいてくる同心を与太郎は構わず、長五郎の隣に座って、

「関わりならある。俺が日頃から世話になってる銀平の仲良しらしいからな。友の友は、友だちだ。ハハ」

「ふざけるな、おいッ」

気色ばんで同心が肩を摑もうとしたが、藤堂は制して、

「構わぬ。吟味はそもそも公にやるものだ。されど浪人とはいえ、武士を土間に座らせるわけには参らぬ。そこな床几《しょうぎ》に……」

「お気遣いは無用。山奥の岩や石ころだらけの所で寝ていたから、土間なんぞ極楽、極楽。さあ、お続けなされ」

藤堂は何か腹づもりでもあったのか、与太郎にその場にいることを許した。公事師《くじし》とでも思っておれと同心たちにも言った。

長五郎当人は喉が渇くほど緊張しているのがよく分かる。目の前にいる藤堂の険しい

表情に息を呑んだ。

「北町奉行所の定町廻り方や烈風《れつぷうがかり》掛らもすでに調べておるが、〝十番組と組〟長五郎、おまえたちの鎮火が不十分だったゆえ、札差『越前屋』主人・久左衛門が焼け死んだことは間違いないとのことだ」

「はい……も、申し訳ございません……」

「その場で、燃えた瓦礫から遺体で見つかったのは紛れもない事実。おまえたちに手落ちがあったと認めるか」

藤堂に迫られた長五郎は、わずかに返事をためらった。自分の言い訳ではなく、手下たちの責任ではないと言いたかったからだ。その旨を伝えたが、藤堂は納得せず、火消しは〝連帯責任〟であると断じた。

「再燃したとのことだが、それこそ消火が充分でなかったことの証《あかし》だ。町火消の纏は今後揚げることは相ならぬ」

町火消を辞めて、しかるべき刑罰に処せられることを意味する。〝十番組と組〟は別の者が頭になり、若い衆たちも総入れ替えとなるであろう。

「沙汰は改めて伝えるが、さよう心得ておけ」

藤堂がそう裁断しても、長五郎は一言も言い訳めいたことは言わなかった。

「いやあ、その潔さ。なかなかの人物だなあ。さすが銀平とその昔、一緒に悪さをしていただけのことはある。わはは」

　唐突に与太郎が口を挟んだ。

「吟味方与力の藤堂様……でしたね。此度の火事については、今朝一番に評定所でも話題にのぼったそうですな。今般の火事騒ぎの裏によほどのことがあるということですか」

「――なぜ評定所のことを知っておる」

「目付頭の速見内膳正《はやみないぜんのしょう》様とは少々知り合いでね。小耳に挟んだ……あ、速見様は余計なお喋《しゃべ》りはしておりませんよ。あくまでも小耳に挟んだだけで」

「速見様とどういう関わりだ」

「ちょっと旅を供にしたことがあって、それだけのことだが、まあ色々と」

　胡散臭そうに藤堂の目が細くなったが、与太郎は平然と、

「このところの大飢饉を持ち出すまでもなく、江戸のみならず近年、諸国において地震や火山噴火の危難が広がってる。人の命を守るためには、江戸では町火消の働きが一番大切だと存ずる。〝十番組と組〟だけでも二百人もの鳶人足がおり、江戸市中で一万人以上がいるとか。その者たちは、日々、命を懸けて人びとを助けています」

「言われなくても分かっている」

「此度、長五郎たちはキチンと火を消した。被害は火元の『越前屋』だけに食い止めら

れた。なのに、その焼け跡から、主人の死体が見つかった……」

「だから、なんだ」

「主人の久左衛門〝だけ〟が亡くなった。なんだか、おかしいとは思いませんか。一度は消したはずの蔵に、もう一度、誰かが火をつけたかもしれませぬ。しかし、町奉行所ではろくに死体検分もせずに焼死で片付けた」

「………」

「なので、勝手ながら、うちの長屋に住んでいる町医者、松本順庵に調べて貰ったところ……肺や気管などの様子を見ると、肺臓が余り焼けていなかったとのことから、殺された後に死体が焼けた節があるとのこと。もし生きながら炎に捲《ま》かれたのなら、熱い煙を吸い込んで、まず肺がやられるとか」

「町医者か……」

「といっても、長崎で洋医学も学び、さる大藩の御殿医も務めたことがある……と本人は話してます。嘘か本当かは知りませんがね」

与太郎はそこまで話して、急に立ちあがった。

「あ、そうだッ。すっかり忘れてた。今日は加奈と水茶屋だったか出合茶屋だったかに行く約束をしていたのだった。御免」

立ち去ろうとして藤堂を振り返り、

「あ、そうそう。亡くなった久左衛門は、勘定組頭の黒沼某とも昵懇《じっこん》らしいので、その御仁にも話を聞いた方がよいと思います。円城寺の旦那は知ってるはずだけどなあ」

「黒沼様……？」

「賄賂の疑惑を読売屋《よみうりや》が暴こうとした矢先、この焼死だから、黒沼某も怪しいのではないかと。いや、これはあくまでも俺の考えなので、気にするなら気にして下さい。では、後はよろしく……長五郎、頑張れよ。江戸っ子たちは、おまえの味方だ」

与太郎は風のように飛び出ていったが、さしもの藤堂も唖然と見送っていた。長五郎も訳が分からず、首を傾げていた。

四

その夜遅くのことである。隅田川では花火が打ち上がっているのであろう。大番屋の牢《ろう》部屋からではドンドンと鳴り響く音しか聞こえなかったが。

長五郎は格子の中で蹲《うずくま》るように座っているが、廊下に控えている鍵番の隣には、円城寺が見張り役として臨んでいた。自分で茶だと称する酒を湯呑みで啜《すす》りながら、

「正直に吐いてしまったらどうだ」

と静かに声をかけた。

「あの与太郎の馬鹿が藤堂様に嚙みついたようだが、却《かえ》っておまえを窮地に陥れたな」

「…………」

「おまえたち町火消は、荒れ狂う炎の中に飛び込んでいく勇ましさがある。これまで何百人もの人を助けてきたおまえが、何故《なぜ》、つまらないことに手を出したのだ」

円城寺は揺さぶりをかけるように言ったが、長五郎は素知らぬ顔をしていた。

「おまえは火を消すふりをして、わざと蔵にもう一度火をつけた。いや、その前から殺した久左衛門を蔵に隠しておいて、火事にして殺した。違うか」

「知りません……」

円城寺は十手で格子を叩きながら、

「俺が調べたところ、おまえが『越前屋』久左衛門に怨《うら》みがあるとは思えぬ。誰に頼まれた。庇ったところで、おまえは死罪。相手はのうのうと生き続ける。それでいいのか」

さらにガツンと格子を打ちつけたとき、表戸が開いて、またぞろ与太郎が入ってきた。番人たちが何か言おうとしたが、円城寺は呆《あき》れ顔《がお》になって、

「また、おまえか……」

と言ったが、長五郎の方はまるで地獄に仏を見たように、

「与太郎の旦那……銀平も頑張ってくれてるようだが、もう俺は……」

絶望から救い出して欲しそうな顔になった。だが、円城寺は底意地が悪いのか、また十手で格子を激しく叩いた。

「こいつはな、与太郎。人殺しなんだ。もはや、おまえさんの横槍《よこやり》は通じぬ」

「まるで罪人扱いだな」

「だから人殺しだって言っただろうが。こんな奴の肩を持ってると、おまえまで余計なことを疑われるぞ」

「円城寺の旦那ッ」

与太郎は顔を手拭いで拭いながら、

「顔が近すぎる。唾飛んで汚いし、耳はよく聞こえるから大声を出さなくても大丈夫だ。それより、ここから長五郎を出してやってくれないかな」

「なにを寝惚けたことを言ってるのだ」

また唾を飛ばしながら、円城寺は怒鳴りつけた。

「いや、まだ眠たくない。とにかく、円城寺の旦那。どう考えても、疑わしいだけで、牢に閉じこめるのはどうかしてます」

「藤堂様直々の命令だ」

円城寺は一瞬、ためらった目になったが、

「真実をハッキリさせるために、牢に留め置くのは御定法に定められておる。しかも、久左衛門を殺した疑いが濃いのだ」

と言うと、与太郎は少し驚いたものの、すぐに反論した。

「殺されたというのは俺も同感だが、その下手人が長五郎というのは如何なものかな」

「火事に見せかけての殺しだ」

「まさか……」

円城寺はさらに与太郎の胸板に十手を突きつける真似をして、

「まさかもとさかもねえ。この長五郎は蔵の中に久左衛門がいるのを百も承知の上で、火事を消すふりをしながら、焼き殺したんだよ。もしくは、気絶させたかすでに殺した久左衛門を、蔵共々燃やした」

「——じょ、冗談じゃねえぞッ」

今度は長五郎が叫び声を上げた。だが、すでに円城寺たちに正直に話せと何度も痛めつけられていたせいか、明瞭な声を発することはできなかった。

「助けられなかったのは俺のせいだ。鍵が掛かっていたから、蔵の中にいるのに気づかなかったのも俺のせいだ。でもな、人殺しなんぞ絶対しねえ」

長五郎は懸命に否定したが、円城寺はニンマリと笑って、

「おいおい。証拠もねえのにお縄にして、吟味方与力が調べたりするもんか」

「証拠があるというのか」

与太郎の眉が逆立つのを見て、円城寺はからかうように、

「立派な眉毛だな。出世するぜ」

「茶化すな。長五郎が久左衛門を殺す理由があるのか」

「さっきは、誰かに頼まれたのかと揺さぶりをかけたが、本当はこいつも久左衛門を殺したかったのではないのか、とな」

「なんだと……」

「こいつはな、長五郎は『越前屋』から、なんと三百両も借金してて、返すあてもなくて困り果ててたんだ」

「本当か、長五郎」

振り返って与太郎が訊くと、俄に長五郎の顔から血の気が引いていった。あっという間に真っ青になるのを目の当たりにして、

「嘘だろ、長五郎。銀平の話では、おまえは男の中の男で義侠心《ぎきょうしん》が強い奴だと……」

と与太郎が問いかけると、牢部屋の中の長五郎は顔を背けた。

「借りてちゃいけねえかい。借金なんて誰でもしてるじゃねえか。しかも、鳶たちへの手当てや火事に遭って焼け出された人たちへの見舞金も入ってるんだよ」

「そうなのか……」

「与太郎の旦那も見ただろう。町名主らは文句ばかり言ってろくに金を出しやがらねえ。

でも、『越前屋』は惜しげもなく出してくれたよ。貰ってばかりじゃ悪いから貸して貰ったんだ。ある時払いの催促なしだがよ」

長五郎は本当のことを話したつもりだが、円城寺は信じていない顔つきだった。

「それにしても三百両もの大金だ。どうせ博奕ですったんだろうぜ。昔が昔だからな」

「どうなのだ、長五郎……」

心配そうな顔になる与太郎に、長五郎は首を横に振りながら、

「町火消の中には、暇なときに手慰みをする奴も多いが、うちじゃ一切禁止だ」

凜とした目つきに変わった長五郎を見て、与太郎は信じたが、円城寺はほくそ笑みながら悪《あ》し様《ざま》に言った。

「そうやって悪足掻《わるあが》きをしてろ。どうせ、三尺高い所に晒される」

与太郎はじっと長五郎の顔を見つめていたが、

「円城寺の旦那……こいつが火事に乗じて、殺しをしたって証拠は、借金のことか」

「油を撒いているのを見た者もいるって話だ」

「ありえぬな。長五郎が付け火をするのは無理だ。撒いたのなら他の奴だろう。あの騒ぎの中で、長五郎の働きぶりは『越前屋』の番頭たちもみんな見ていた」

「だがな。現に久左衛門は死んだのだ。おまえも藤堂様に話したんだろうが。殺された後で火に焼かれたんだろうって」

「そんなことを長五郎がしたという証拠があるなら、出してくれ」

「それは……」

「ないだろう。だったらもう……」

議論の余地はないと、与太郎は牢番から強引に鍵を奪い取って扉を開けた。そして自ら牢部屋に入ると、長五郎の腕を取って連れ出した。何の躊躇《ちゅうちょ》もなくやった与太郎に、

「おい……おまえ、何をしてるか分かってるのか」

「火を消し損ねて人が死んだとしたら、長五郎のせいかもしれぬが、今旦那が言ったとおり、火事になる前に死体が蔵にあったのならば、長五郎に非はない」

息を呑み込みながら円城寺は、与太郎の前に立ちはだかった。

「こんなことをして、ただで済むと思っているのか」

「証拠が出てくるまで俺が預かる。文句はなかろう。もし、こいつが人殺しをしたというなら、俺も責めを負う。下手人を逃がし、匿《かくま》った咎《とが》でな」

当時、この罪は重い。今で言えば共犯と見なされ、殺人者を匿えば死罪である。

「それでも、長五郎を捕らえるというのなら、俺もここで大暴れしなきゃいけないがな。それは御免被りたい」

妙に堂々とした態度の与太郎に、円城寺は知らぬ相手ではないから、渋々とではあるが認めざるを得なかった。後で、自分がどんな咎めを受けるかだけが気になっていた。

五

翌日、円城寺は鉄砲洲の『美乃浦』を再び訪ねて来ていた。「また、おまえか」という面構えの貫平ら若い衆たちが近づいて、威嚇するように取り囲んだ。

今日は岡っ引の紋七も一緒だ。けっこう年なので乱闘にはあまり役立たないが、話がややこしくなると纏《まと》め役《やく》には丁度いい。

「おまえら、よほど町方同心が嫌いなのだな。もしかして、何かまずいことでもしてるのか。まさか、『越前屋』の殺しに関わってるんじゃあるめえな」

挑発するように言う円城寺に、貫平は苛ついた顔で、

「知るけえ。そんなに俺たちのことが目障りなのかよ、ええッ」

と逆に突っかかってきた。

店の奥から美乃が飛び出してきて、貫平たちを制しながら、「向こうへお行き」と命じたその目が、紋七に止まった。

「――やっぱり、おまえか、美乃……」

紋七は懐かしそうに相好を崩した。まるで長年会っていなかった娘にでも再会したような微笑みである。

「なんだい、紋七親分まで……私の古傷を穿《ほじ》りにでも来たのですか」

「ご挨拶だな。おまえの噂は耳に入ってたがよ。あんな別れ方をしたから、俺も来づらくてよ。でも、こうして立派な仕事をしてるから、俺ア心底安心したぜ」

いつもとはまったく違う穏やかな紋七の表情を、円城寺は横目で見てから、

「美乃……おまえの若い頃の武勇伝は、紋七から聞いた。酷い親に育てられたがために、かなりの悪女だったらしいな」

「…………」

「しかし、ある騙り事件じゃ相手に嵌《は》められて、おまえは無実を訴えた……この紋七も懸命に助けようとお奉行直々に嘆願までしたそうだが、ダメだったそうだな。おまえの日頃の行いの悪さが為せる業だ」

「昔話をして面白いかい、旦那……」

「俺は褒めてるんだよ。よく立ち直ったとな。島送り一歩手前までいったが、なんとか助かった。それで、女だてらに荷船の船頭を始めた。それが、今じゃ……」

大きな軒看板を見上げて、円城寺は溜息をつきながら、

「賭場に出入りしたり、人から金を騙し取ってたとは、到底、思えねえご身分だ」

「――用はなんですか」

少しふて腐れたような態度で美乃が訊くと、紋七の方が穏やかな声で、

「おまえがどうのこうのって話じゃねえんだ。町火消の長五郎のことは知ってるだろ。おまえとは賭場仲間だった。おまえが壺振《つぼふ》りで、長五郎が中盆《なかぼん》。それで組んでイカサマをしてたって話は、この際しねえ」

「別にしたって結構ですよ。うちの若い衆たちは何もかも知ってますから。それで私が脅せるとでも思ったのですか」

「そうじゃねえ……実は長五郎に殺しの疑いがかかっていてな、証拠を探してる」

美乃は衝撃を受けて黙っていたが、円城寺が事件の顛末《てんまつ》を語った。しかし、美乃はまったく信じておらず、微笑みすら浮かべて、

「長五郎さんが、人殺しなんかするはずがない。何かの間違いですよ」

と断言した。

「なぜ、そう思う……」

円城寺が顔を覗き込むと、綺麗な目をジロリと向けて、

「人殺しをするような人が、人助けをしますかねえ」

「人助け……」

「町火消として大勢の人の命を救ってきた。それだけじゃありませんよ。世の中のはぐれ者たちの面倒を見て、立派な火消しの鳶として立ち直らせてるじゃないですか」

「そうらしいな……」

「おや、旦那もご存じだったのですねえ」

「紋七に聞いてな」

「だったら、そういう人間じゃないってことくらい分かろうってもんでしょ」

「まあな。だが、人ってのは時と場合によってガラッと変わるからな」

「そんなことは説教されなくたって、私も身をもって分かってますよ。足を踏み外すって言うでしょ。吊り橋みたいな危ない橋を渡ってて、自分でわざと外す者なんかいないんですよ」

美乃はふたりを睨むように見つめ返した。傲慢そうにも見えるが、瞳の奥は綺麗に澄んでいる。円城寺の方が目を逸らし、

「だから、おまえも長五郎に倣って、はぐれ者たちの世話をしているってわけか。中には島帰りや人足寄場上がり、小伝《こでん》馬町《まちょう》の牢送りになった者もいるとか」

「ええ。そうですよ。前がある若い者を雇ってくれる大店がありますか。普請場が関の山で、仕事にあぶれてまた悪さをするか、江戸から出て行くしかない。そういう若い子を見ていると、なんとかしてやりたいのが人情ってもんじゃないか」

「大層な心がけだな」

「本当は、お上がすることとじゃないのかい。ねえ、旦那方は偉そうにしてるけれど、野垂れ死にする奴らには知らん顔だもんね」

皮肉を込めて美乃は言ったが、円城寺の心に響いた様子はない。だが、紋七の方はまだ小娘に過ぎなかった美乃を救えなかった忸怩《じくじ》たる思いがあるのか、

「すまねえな。改めて謝るぜ」

と言った。が、美乃は返事をしなかった。

「ところでな、美乃……長五郎を助けるためと思って、手を貸してくれねえかな」

「おや。随分と恩着せがましいことですねえ」

「そんなことを言ってる場合じゃねえこのままじゃ、晒し首になっちまわあ」

紋七は今一度、長五郎の置かれている事情を説明してから、

「実はな……おまえのところの若い衆が、証言してくれれば、助かるかもしれねえんだ」

「うちの若い衆が……？」

「ああ。それがすべてではねえが……火事場で死んだのは、おまえんちの若い衆に十両を渡した札差なんだよ」

それが何を意味するのか、美乃には俄に分からなかったが、円城寺は事件解明のために手を貸してくれと頼むのだった。

その日のうちに――勘定組頭の黒沼亥一郎の屋敷を、円城寺はひとりで訪れていた。

旗本屋敷が広がる番町《ばんちょう》の一角にあった。
町方同心が来ることなど、まずないことだから、案の定、門前払いを食らいそうにな
ったが、『越前屋』の焼死について聞きたいと申し出ると、しばらくして玄関まで黒沼
が出てきた。
火事のことは承知していたらしいが、久左衛門が死んだことは初耳だと言った。
「さようでございましたか。残念な報せですが、お伝えできて良かったです。しかし、
勘定組頭の黒沼様なのに、札差の『越前屋』のことを、しかもご自身の御用米を扱って
いる久左衛門が亡くなったのを知らなかったとは、逆に驚きです」
「……用件はなんだ。久左衛門のことを報せに来ただけではないのだろう」
横柄な態度で、黒沼は面倒臭そうに円城寺を睨みつけた。
「お尋ねしたいことがございまして……火事の数日前になりますが、『喜船』という船
宿から屋形船に乗りましたよね」
「屋形船……いいや」
「その折、『越前屋』と一緒だったのではありませぬか」
「知らぬ。覚えておらぬ」
「えっ。もうお忘れですか。だとしたら、頭に何か悪い出来物でもできてるかもしれま
せんので、医者に診て貰いますか」

円城寺にしてはかなり突っ込んだ物言いだが、黒沼は「下らぬ」と背を向けた。

「ご安心下さいまし。『喜船』に問い合わせても、分からないとのことでした」

「………」

「たしかに、久左衛門は来ているとのことでしたが、連れのお武家様は黒い頭巾を付けていたとのことで、顔も名前も分からないとのことです。よろしゅうございました」

「用とはそれだけか」

苛ついたように振り返る黒沼に、頭を下げた円城寺は揉み手で、

「でも本当は、久左衛門と一緒でございましたでしょ。黙っておきますので、少しばかり融通して下さいませんでしょうか。黒沼様が久左衛門に貰った分のほんの少しでいいのです」

「なんだと」

「御前と久左衛門の関わりは、読売屋が暴こうとしたとおり色々とあるみたいですね……でも、ご安心下さい。拙者が今後も差し止めておきます。ですが……」

円城寺は腰も卑屈そうに曲げながら、

「おふたりが〝密談〟していたのを見ていた者がいるのです」

「………」

「困ったことに、そいつらがバラすと言ってますんで……なぜ、そんな話が出てきたか

といいますと、久左衛門は火事に見せかけて殺された……ということが町方の方でも判明したからです」

黒沼は表情を変えないで、円城寺を凝視し続けている。

「ええ、私も火事の場には行きましたがね。久左衛門の検屍《けんし》を改めてしたところ、恐らく殺された後に蔵に置かれた。そこに火を付けたと思われるのです」

「………」

「気になりませぬか。御前と昵懇の相手でございますよ。しかも、これまで米切手《こめきって》の額と実数を誤魔化して、その差額を両替商などを利用して懐にしていたのです、久左衛門は……それは、ご存じでしたか」

「──知らぬ」

「まことに」

「ああ。まったく知らなかった」

「だとしたら、すぐにでも勘定方で調べないと今後も似たような不正が起こるやもしれませぬ。久左衛門は屋形船で同席していた相手にかなりの金を渡していた……と聞いていた者がおります」

円城寺がそこまで話しても、知らぬ顔をしている。下手に喋れば、襤褸《ぼろ》が出るかもしれぬと警戒している様子だった。

「その武家が誰か気になりませぬか、勘定組頭として」

「――相分かった。後はこちらで調べるによって、下がれ。よう報せてくれた」

黒沼がそう言って背中を向けると、円城寺は畳みかけるように、

「一刻も早くお願い致します。その相手が、久左衛門を殺した節があるのです。しかも、蔵に隠しておいた裏帳簿も一緒に燃やしてしまった。とんでもない奴ですので、どうか探索に力を貸して下さいまし」

「分かったというに」

「では、手始めとして、こいつを……」

円城寺が「おい」と声をかけると、門外で待っていた岡っ引姿が入ってきた。武家屋敷に町人が入るのは憚《はばか》られるが、円城寺が半ば強引に呼びつけたのは、貫平だった。

「おい。この御仁に間違いはないか」

と訊くと、貫平はまじまじと黒沼の顔を見上げて、

「へえ。間違いありやせん」

明瞭な声で答えた。

「何の真似だ」

不愉快そうにする黒沼に、円城寺がハッキリと言った。

「屋形船で、久左衛門は十両の金をこいつらに渡したんですよ。厄介払いでね」

「――――!?　あのぶつかった時の……」

思わず口に出してから、黒沼の表情が強張《こわば》った。

円城寺はニンマリと笑って、

「やはり、その時に乗ってらしたか……こいつ以外に数人いたのですが、久左衛門と一緒だったのは、黒沼様だったのですね」

「し、知らぬと言うておろうが」

「もう遅いですね。屋形船の船頭がいなくなってしまったので、他の船に曳航《えいこう》して貰った……そのことは船宿の主人も話してました」

「………」

「実はその屋形船は、余所の知らぬ船頭が勝手に漕ぎ出したらしくてね、船宿では大騒ぎだったらしいです……とまれ、屋形船に乗り込んできた奴らが、御前の顔を覚えていたのは、探索にとっても大収穫でございます」

円城寺が丁寧に言うと、黒沼は苛立った声で、

「ふざけるな。町方ふぜいが、人をからかうのも大概にしろ。ええい。無礼者だ。こやつらを引っ捕らえろ！」

と怒鳴ると、家臣が数人、屋敷の奥から駆け出てきて、すぐに抜刀した。同時に、門番が表門を閉じようとしている。

「こんなことをしていいんですかい、黒沼様……俺たちを殺したら、余計、まずいことになるんじゃありませんかねえ」

「ええい、黙れ。つまらぬことを言いおって、こっちは千石の旗本だ。おまえのような三十俵二人扶持《ぶち》なんぞ、どうにでもできる」

さらに声を荒げたとき、閉まりかけた表門の隙間から、なぜか逢坂が飛び込んで来て、門番ふたりを当て身で気絶させると、素早く走り寄り円城寺と貫平を庇って立った。

「早く、逃げろ。後は俺がッ」

「なんで、あんたが」

驚く円城寺に、両手を広げて背中を向けたまま、

「与太郎殿に頼まれていたのだ。あの御仁は、おまえから大切な咎人《とがにん》を預かっておるからな」

「――あの御仁……」

「いいから、ふたりとも早く立ち去れ」

と逢坂は追いやってから、黒沼に向かって迫った。

「御前。私を覚えておりませぬか。逢坂です。逢坂錦兵衛です。いつぞや、仕官をさせて欲しいと面談させて戴きました」

「………」

「覚えてくれておりませぬか。仕方がないので、まだ浪人暮らしを続けております」

「なんだ、おまえは……また妙な輩が……」

「でも、家臣にならなくて良かったです。下手をすれば、殺しの手伝いまでさせられて、こっちまで切腹になったかもしれませんので……あしからず、御免」

家臣たちが斬りかかろうとすると、逢坂は刀を抜き払って、鋭い太刀捌きで二閃《せん》三閃させると、相手の刀を叩き飛ばした。その間に、円城寺と貫平は逃げ去っていた。

「黒沼様。覚悟をなされた方が宜しいかと存じます。これにて御免」

逢坂も踵《きびす》を返すと、韋駄天で門外に駆け出るのであった。

「なんだ、あいつらは……人を舐めおって……」

メラメラと燃える目つきになる黒沼の顔は、まさに閻魔のようであった。

六

その夜も——黒沼の屋敷を、銀平が見張っていた。
昼間は往来があるものの、日が暮れたとたん人気が消える。そこに、黒装束がふたり来て、潜《くぐ》り戸《ど》から入っていった。何やら合い言葉を交わした後、内側から開いたということは、黒装束は賊ではなく、黒沼の手下であろう。

「――あいつら、もしや……」

と思った銀平は、屋敷の横手の路地に駆け込み塀によじ登って、黒沼屋敷の庭に飛び下りた。その時、少し足首を捻った。

――痛ててて……。

声を出しそうになって呑み込んだ。

昼間、円城寺らが押しかけたせいか、屋敷内には夜になっても松明《たいまつ》を掲げて、怪しい者が来ないか警戒しているようだった。

銀平は植え込みの陰から床下に潜り込み、息を潜めて様子を窺っていた。頭をゴツンと打ったが、声も出さずに我慢していた。踝《くるぶし》の辺りを触ると、異様な出っ張りが出ていて、ズキンと痛む。どうやら捻った足首が腫れたようだ。銀平は自嘲気味に、

――情けねえ。歳《とし》は取りたくねえもんだ。

心中で呟きながら、さらに床下の奥に向かった。天井裏だろうが床下だろうが、〝ムササビ小僧〟にとってはお手の物だが、足首を痛めたのは誤算だった。ふと懐をまさぐると、匕首《あいくち》がないのに気がついた。

――飛び下りたときに落としたか……。

床下の向こうに、家臣たちが歩く足が松明に照らされて見える。その数人の足が止まって、匕首に気づいたのか拾い上げた。

「あっ。これは……曲者《くせもの》だ。曲者が屋敷内に入ったかもしれぬぞ。探せ、探せ！」

叫び声がすると、何処にいたのかと思われるほど大勢の家臣が現れ、中庭から裏庭、あちこちを隅々まで龕灯《がんとう》を掲げて探しはじめた。床下に蠟燭を照らして覗く者もいたが、銀平の着物は土色で、頬被りもしている。じっと蜘蛛のように動かずにいた。

――ちくしょうめが……。

銀平は屋敷に入った黒装束と黒沼の繋がりを確かめようと母屋に向かった。だが、足の捻挫が酷くて身動きしづらい。しかも、匕首がなくては、襖《ふすま》や天井板、床板などをずらすこともできない。あちこちに松明を掲げた家臣がうろついている。警戒はただ事ではない。

すると、母屋から離れに行く渡り廊下に黒沼が現れた。その廊下の下に控えている黒装束に何やら話しかけた。

「なに、長五郎が武家屋敷に匿われているだと……何処の屋敷だ」

「麻布《あざぶ》市兵衛《いちべ》町《えちよう》は荻野山中藩の江戸屋敷でございます」

「荻野山中藩……何故、さような所に」

「分かりませぬ。ただ、〝おたふく長屋〟という所に住んでいる与太郎なる若い浪人者が、大番屋から強引に連れ出したとか」

「何者だ。そやつは……」

「まったく分かりませぬ。ただ、荻野山中藩といえば、老中を多く輩出した大久保《おおくぼ》家に縁のある藩でございます。もしや密偵の類やもしれませぬ。そういえば、北町の円城寺らを助けにきた中年の浪人者も、〝おたふく長屋〟の住人でした」

「なんと……！」

「与太郎という若侍は、いつも暢気そうにふらふらして阿呆面《あほうづら》しておりますが、おそらくそれも芝居。目付頭の速見内膳正と関わりあるとの噂も耳にしました」

黒沼の顔がみるみるうちに変貌してきた。

「そういえば、速見内膳正も動いている節がある……」

「如何《どう》致しましょう」

「評定所の動きも気になる……厄介だな。その〝おたふく長屋〟も火事にして、与太郎と逢坂とやらを始末せい」

黒沼が大声で命じたとき、床下の銀平は、

――〝おたふく長屋〟も……だと？　こりゃ、とんでもねえことだ。やはり、『越前屋』を火事にしたのは、こいつらの仕業なんだな。

と確信した。すぐにでも与太郎たちに報せて、なんとか黒沼を〝表舞台〟に引っ張り出さねばならぬと思った。屋形船でのことは、自分や貫平のような〝目撃者〟がいるものの、久左衛門を殺した証拠にはならない。

ゆっくりと地面を這っていると、微かな音に黒装束は気づいたのか、素早く床下に潜り込んで蜘蛛のように這《は》ってきた。

「曲者だ！　そこにいるぞ！」

黒装束の声に家臣たちが一斉に床下を龕灯や蠟燭で照らした。銀平はじっと動かないでいたが、黒装束たちは地面を這いながら手裏剣を打ってきた。やはり忍びだったのだ。

「なむさん……」

銀平は痛む足を我慢しながら、床下から明かりのない植え込みに向かって逃げ出した。だが、銀平よりも素早く黒装束は追ってくる。さらに手裏剣を打ち込んできて、銀平の頭上を掠めた。

「曲者は裏庭に逃げたぞ！」

「出会え、出会え！　向こうだ、一斉に取り囲むのじゃ！」

などと家臣たちが声を掛け合い、松明を掲げた中間たちも押し寄せてきた。

「離れの方に逃げたぞ！　構わぬ、植え込みを踏み潰してでも取り押さえろ！」

黒沼の悲痛な叫び声が、家臣たちの頭上で破裂するように響いた。微かに揺れている灌木《かんぼく》に家臣たちが一斉《こら》に踏み込んだが、そこには誰もいなかった。

銀平は痛みを堪えながら、隣家の塀と蔵の隙間に入り込み、松明や龕灯の光が届かぬ所に潜んでいた。だが、追い詰めてくる家臣の掛け声は、どんどん近づいてくる。いずれ見つかるに違いない。

　さらに裏手に廻った所から塀をよじ登り、隣家に逃げ込もうとしたとき、蔵の隠し扉がわずかに開いているのに気づいた。火事などの時のために、直に通りに運び出すための秘密の抜け穴などはよく作られていた。だが、大きなねずみ穴みたいなもので、これが却って炎を大きくすることもある。

　銀平は扉をこじ開けると、蔵の中に入ることができた。これで扉を閉めておけば、むしろ身を隠せる。その上で、敵の見張りの隙をついて逃げようと思った。

　ところが、蔵の中で見たものは、山積みされた千両箱だった。大身の旗本にしても多すぎる。そのひとつの蓋を開けると、小判がギッシリと詰め込まれていた。

　しかも、封印は『札差・越前屋』のものである。

「もしかして……なるほど、そういうことか……火事にする前に、千両箱をここに移していたということか……だから、焼け跡には溶けた小判があまりなかったのだな」

　すぐにでも与太郎に報せなければならないと、裏手に廻ろうと蔵から出たとき、音もなく飛来した手裏剣が、グサリと銀平の太股に突き立った。声を出さずに悶《もだ》えた銀平だが、黒装束らが駆け寄ってきている。

「見つけたぞ！　あそこだ、急げ！」

　他の家臣たちも一斉に駆けつけてきた。すぐさま、銀平はまた植え込みに飛び込んだが、もはや袋の鼠だった。

その時である。

離れ部屋の方から、渡り廊下を来る男がいた。商人風のようだが、薄暗くてよく見えなかった。ところが、松明の灯《あか》りに浮かんだ顔を植え込みの隙間から見て、銀平は息が止まりそうになった。

「先程から何の騒ぎですかな、黒沼様」

震える声をかけながら近づいて来たのは、なんと『越前屋』久左衛門ではないか。

その姿を目の当たりにして、銀平は凍りついてしまった。屋形船の中のふたりが、そのままこの屋敷の中にいるのだ。

――焼け死んだのは、久左衛門ではなかったのか……では、あの死体は別人……もしや、こいつらがグルで仕組んだというのか。

怯《おび》えている久左衛門を、黒沼は廊下から座敷に引き込み、

「賊が入っているようだが、もしや公儀隠密《おんみつ》やもしれぬ。おまえのことがバレたら、元も子もない。顔を出すな」

と命じた。

「そうでございますね。千丈の堤も蟻《あり》の一穴より……とありますから。でも、早く江戸を離れて何処か遠くに行きとう存じます」

賊のことが気がかりなのか、座敷の奥に入ったが、久左衛門の顔は行灯の光に浮かんでいた。銀平は憎々しげに睨んでいたが、足の痛みに耐えて屋敷の片隅まで駆けて、死力を振り絞って塀を乗り越えようとした。

その背中に、ヒュンと飛来した矢が突き立った。

「う、うわッ！」

銀平は塀の内側に落ちそうになったが、必死に堪えて、表の通りに飛び下りた。

「追え。追って、止《とど》めを刺せ！」

黒沼が叫ぶと、家臣たちは門に殺到し、表に出て、横手の路地に入った。だが、すでに銀平の姿はない。

「見ろッ」

家臣のひとりが指さすと、地面に血の痕が続いている。松明を掲げて、その痕を追うと、裏通りに向かって這うように逃げている銀平の後ろ姿が見えた。

「殺せえ！　殺せえ！」

家臣たちはアッという間に、銀平に追いついて、その勢いのままバッサリと背中を斬りつけた。

「——う、うわあッ！」

悲鳴を上げて転がった銀平は、二の太刀を必死に避けながら、最後の力を振り絞って、掘割に飛び込もうとしたが、その場に膝から崩れてしまった。

そこに押し寄せてきた家臣と一緒に、黒沼も自ら近づいてきて、

「貴様……見てはならぬものを見てしまったようだな。誰かは知らぬが、己が蒔《ま》いた種だと諦めるのだな」

と抜刀して斬りかかろうとした。そのとき、

「なんだ。何の騒ぎだ！」

声があって、黒い大きな影が近づいてきた——与太郎だった。

「銀平!?　大丈夫か、銀平……すまぬ。俺が黒沼を探らせたせいで……！」

駆け寄って揺り起こそうとしたが、すでに銀平の意識は遠くなっていた。与太郎は黒沼とズラリ取り囲む家臣たちを見廻しながら、

「勘定組頭・黒沼亥一郎とは人殺しをして平気な輩なのだな」

「なんだと。どかぬと、おまえも斬り捨てるぞ」

黒沼が怒りの声を発すると、与太郎もズイと一歩踏み出して睨み返した。

「できるものなら、やってみろ……と言いたいけれど、俺は人を斬りたくない」

「ふざけたことを！」

いきなり家臣たちが一斉に躍りかかった。が、与太郎が舞うようにクルリと一回転しただけで、まるで妖術にでもかけられたかのように、家臣たちはみんな倒れた。

「今度は怪我では済まないかもしれんなあ……でも斬りたくないなあ」

与太郎が妙な見得を切っているうちに、銀平は息絶えたようにガクリとなった。

黒沼は死んだと思ったのであろう。

「引けい！」

と命じると、家臣たちは顔を見合わせて屋敷に駆け戻った。

「銀平、しっかりせえ。傷は浅いぞ」

声をかけると、闇の中から黒い影が駆け寄ってきた。忍び姿のお蝶だった。

「浅くありません。早く手当てをしないと取り返しがつかなくなります」

「いや、俺は励ますために……」

「分かってます。そんなことを言ってる場合ではないでしょ。さあ、早く銀平さんを」

「ああ。そうだな」

与太郎は、手際よく手伝うお蝶に支えられながら、銀平を背負うのだった。

七

『蒼月』に運び込まれた銀平はまだ意識が戻らず、まるで死体のようだった。その前で、
順庵が手当てをしながら容態を診ている。その場には、円城寺と紋七も駆けつけてきて

おり、悲痛な顔で見守っている。

銀平の傍らでは、お恵が今にも泣き出しそうな顔をしていた。

「――ぎ、銀平さん……どうして、こんな姿に……」

「女将さん。まだ死んだわけじゃないよ」

順庵が慰めるように言ったが、お恵はもう助からないと思っているようだった。

離れたところから見ている与太郎も、切なそうな表情で、美味しい料理を作ってくれたことや黙々と人助けをした銀平の姿を脳裏に浮かべながら、

「申し訳ないことをしたな、銀平……俺がつまらぬことを頼んだばかりに」

「そうじゃありませんよ。銀平さんは、与太郎の旦那のことが好きで……だから、自分のことは二の次で、手助けしてたんです」

「いや、俺が悪かった……」

これほど悔やんだことはないと、与太郎は複雑な思いで、銀平の顔を見ていた。

「俺が余計なことに首を突っ込んだばかりに……あの火事の一件から、円城寺の旦那らも越前屋と黒沼様の繋がりを色々と探索してくれてはいたが……おまえをこんな目に遭わせるとは……すまぬ、すまぬ……」

近寄って、銀平の眠っている顔を、与太郎はそっと撫でながら、

「実は、うっすらとした意識ながら、銀平は最後の最後の力を振り絞って、屋敷の中で

見たことを話してくれた」

黒沼の屋敷の蔵には、『越前屋』の千両箱がドッサリあった。しかも、焼死したはずの久左衛門が屋敷内に隠れていて、何処かに逃げようとしていることを、銀平は意識を失いかけながら力を振り絞って話したという。与太郎の背中におぶさった銀平の声は、まさに虫の息だった。

「――越前屋が、生きてる、ですと!?」

順庵も驚いた。

「では、私が検屍したあれは……」

円城寺も苦悶《くもん》の顔で頷きながら、屋敷での黒沼の様子を思い出し、

「すっかり騙されていたということだ。もしかしたら、番頭もグルかもしれぬな。でないと主人かどうかくらい、顔が焼けただれていても分かろうというものだ」

と言うと、順庵も悔しそうに膝を叩いた。

「ですな……主人がいなくなったと、長五郎らに必死に言っていたそうですからな」

「やはり、黒沼は不正に横領した金を、久左衛門に預けていた。だが、目付の調べが身に及びそうだと勘づいていたのかもしれぬ。それで、久左衛門は黒沼の屋敷に隠れ、金も事前にほとんどぜんぶ移しておき、火事で死んだと見せかけた……なにもかもを、うやむやにしてしまい、黒沼との繋がりも消してしまうために」

珍しく円城寺がまっとうに推察し、与太郎は衝撃を受けながら唸《うな》った。

「越前屋久左衛門は生きてた……ならば、あの死体は一体誰なのだ……」

ハッと順庵の脳裏に閃《ひらめ》いたのは、

「誰か身代わりを自分に見せかけて殺した……としか考えられないな」

「うむ。身代わりを蔵に置いて火事にしたが、長五郎たちが火を消しに来たので、さらに油を撒いて炎を燃やして逃げた」

「ええ。そうでしょうな」

「丸焦げになって貰わないと困る。だから、久左衛門は店の者たちに『ねずみ穴を塞ぎに行く』と、わざわざ告げて消えたんだ」

与太郎はそう思った。番頭は久左衛門が蔵に入ったままだと言い張り、さらに油を撒いて逃げたに違いない。

「だから、長五郎も油の臭いが気になっていたのであろう……久左衛門は火事で自分が死んだと思わせ、ほとぼりが冷めるまで黒沼の屋敷に潜んでいた。背格好が似ている手代でも選んだのかもしれない。焼けてしまえば誤魔化せるはずだと」

「そんな事を……」

「……ということは、やはり長五郎に罪はないってことだ」

与太郎は微かに救われた気がした。円城寺と紋七も安堵したように頷くのへ、

「旦那方……もう一働きして、死に物狂いで調べ出して、銀平の無念を晴らしてやらなきゃいけねえな」

傍らでずっと聞いていたお恵は、わあっと堰を切ったように泣き出した。

「銀平さん……ああ、銀平さん……」

ひしとお恵が抱きついたとき、銀平がそっと目を開いた。

「女将さん……俺はまだ死んでやせんぜ……こんな頼りない与太郎の旦那がいたんじゃ、おちおち死んでられやせんや」

銀平が掠れた声を洩らすと、お恵は安堵と喜びが入り混じって、わあっと子供のように泣き出すのだった。

辰ノ口《たつのくち》評定所は、今でいえば最高裁判所であるが、大名や旗本の事件を扱う役所で、いわゆる三奉行と大目付、目付の合議により審議された。事件の大きさによっては、老中や若年寄が臨席することもあった。

議事の進行は概《おおむ》ね、町奉行か勘定奉行が交替でするのが慣わしである。月に三度執り行われるのが通例だが、此度は臨時に開かれ、黒沼が呼び出された。黒沼は千石の旗本の自負があるのか、横柄な態度であった。

北町奉行の遠山《とおやま》左衛門《さえもんの》尉《じょう》景元《かげもと》が、札差『越前屋』の火事について、探索や検証を他

の詮議役や役人たちに述べてから、

「今般の火事は、付け火と判明しました。よって、町火消〝十番組と組〟の長五郎は無罪として解き放ちました。町火消には何の落ち度もなかったということです」

遠山が断ずると、臨席している大目付が訊いた。

「されど、付け火であろうが不始末であろうが、『越前屋』の主人、久左衛門が死んだのは事実であろう。さすれば、長五郎の罪は免れないのではないか」

「いえ。久左衛門ならば生きております。そうでござるな、黒沼殿」

いきなり遠山が水を向けたが、黒沼は小首を傾げて、

「はて……何のことか、とんと分かりませぬが」

と惚けた。

「この席には、目付頭の速見内膳正も吟味役としておられますが、此度は旗本と札差が関わる不正の疑いがあるとのこと。それゆえ、前々より、内偵をしておったとか」

「さよう。遠山様の言うとおりでござる」

速見はすぐに返答したが、黒沼は訊く耳を持たぬとばかりに、

「遠山殿……町火消は貴殿の支配下にあるからといって、長五郎を甘く処するのは如何なものでしょうかな」

「それよりも、黒沼殿は、久左衛門が生きているということに驚きもしないのですかな。

貴殿とは肝胆相照らす仲だとの評判ですが」

「……………」

「しかも、生きていたのなら喜びもひとしおのはずですが、それすら感じないとは、まさしく人情の欠片もないのでしょうな」

「無礼なことを……それより、まこと久左衛門が生きておるのであれば、会わせて貰いたいものですな」

「後でじっくり〝再会〟なされればよろしい。すでに町奉行所の手の者が捕縛して、牢屋敷に留めておりますれば」

「えっ……！」

さすがに黒沼は驚いたが、それも遠山得意の鎌掛けだと踏んでいた。だが、速見が続けて言った。

「さようですか。ならば実際に会ってみたいものだ。久左衛門が何を言い出すのか、楽しみでござる」

「おい……」

今度は、勘定奉行の主計頭《かずえのかみ》榊原《さかきばら》が声をかけた。直属の部下とはいえ、あまりに無責任な態度に業を煮やしたのであろう。

「正直に申せ。実はすでに、火事場の死体は、『越前屋』の庄吉《しょうきち》という手代だと、番頭の丑兵衛も遠山様に白状しておるのだ。久左衛門に頼まれて、此度の計画を立てたとな」

「………」

「目付に不正を暴かれる前に証拠を消し、有り金残らず持って久左衛門を逃がす。おまえは知らぬ存ぜぬを通して、ほとぼりが冷めるのを待つ。万が一のときは、本当に久左衛門を殺すつもりだったのであろう」

もはやこの場には味方はいそうになかった。

それでも、黒沼は知らぬ存ぜぬを通した。悪党という者は証拠がすべて出揃ったとしても、不思議なことに覚えがないと言い張る。それどころか、

「本当に久左衛門が生きているのでしたら、この場に連れてきて下され。一体、私と何の関わりがあるのか、お白洲《しらす》で堂々と話させればよろしい。どうせ、出鱈目を並べるだけでしょうがな」

不敵な笑みさえ浮かべる黒沼に、遠山は険しい目を向けて、

「いやはや、そこまで言えば、お見事だ……では、この御仁は知っておるかな」

と評定所役人に目配せをすると、奥から案内されて出てきたのは、裃《かみしも》姿の与太郎であった。風来坊の姿とは打って変わって、高貴な雰囲気が漂っている。

「長五郎の身柄を預かっていた荻野山中藩江戸家老、古鷹与太郎殿である。老中、大久

て承知しておる」

保讃岐守《さぬきのかみ》とは親戚であり、目付頭の速見殿とも昵懇である。よって、此度の一件、すべ
「む……？」

見上げた黒沼の顔が俄に歪《ゆが》んだ。

「おぬしの屋敷の前で、斬られそうになった者だ。おまえたちが殺そうとした銀平は一命を取り留めた。つまり、見聞きしたことはすべて聞いた」

「…………」

「久左衛門のことも含め、おぬしの屋敷の中であったことは、すべてお奉行にも伝えておる。俺も知っていることはすべて証言した」

与太郎は悠長な口調で続けて、まじまじと黒沼の羽織を見ながら、

「着付けがわるいのか、羽織の襟や裾が歪んでますな。直した方がよろしい」

「なに……」

「心はもっとひん曲がっているようですから、真っ直《ます》ぐにしたらどうです。今からでも遅くないですぞ」

「…………」

「無駄のようですな……嘘をつき通し、白を切るのが、おぬしの遣り口のようだから、こっちも遠慮無く、裏の手を使わせて貰った。せいぜい頑張って、久左衛門と仲良く冥

途の旅にでも出るがよろしかろう」

何を言い出すのだと黒沼は見ていたが、銀平を殺そうとしたところを見ていた若侍が、かような人物であったことには、苦虫を潰す思いでいた。

その黒沼に、遠山は今一度、声をかけた。

「最後に尋ねるが、『越前屋』から移した千両箱は何処に隠した」

「えっ……」

「ご老中の許しを得てから、うちの円城寺に命じ、おぬしの屋敷内に踏み込み、久左衛門を捕縛したときに、あちこち探したが、千両箱などひとつもなかった」

「え……ええ……！」

「何処に隠した。久左衛門が捕らえられたとしても、金だけは自分のものにしようとしていたのであろう。久左衛門は知らぬと申しておる」

「いや、そんなはずは……」

「そんなはずは……とはどういう意味だ」

「………」

「たしかに何処にもないのだ。蔵の中にも、屋敷中、隅から隅まで探しても……ただ、〝ムササビ小僧推参〟という紙切れだけは、蔵の壁に貼り付けられていたがな」

遠山は黒沼を睨みつけて、

「もしや、おまえはムササビ小僧とやらとも通じておったのか」

「そ、そんな馬鹿な……」

愕然となった黒沼は、すべてが無駄であったことにようやく気づいたようだった。

「――何が評定所だ……おまえらこそ、みんなグルになって、俺の蔵の金を盗んだな……そうだろう。こんな猿芝居しやがって、おまえらの狙いは、俺が貯《た》めた金を奪うことだったのか！　おのれ遠山！　だから俺を罪人に仕立てたいのだな！　おまえら、みんな成敗してやる！」

常軌を逸したように立ちあがると、脇差しを抜き払って遠山に斬りかかったが、寸前、与太郎が飛び出て足をかけた。ステンと転んだ黒沼は、自分の脇差しで太股を刺してしまい、言葉にならない叫び声を上げながら、評定所役人に取り押さえられるのであった。


数日後――。

『蒼月』には、長五郎と一緒に美乃の姿があった。数年ぶりの再会だとかで、なんとなくお互い恥ずかしそうにしていた。似た者同士で、社会からあぶれた者たちを、仕事で救っているからだ。

厨房の中では、もうほとんど傷が治った銀平が腕を振るって、取れたての魚を刺身にし、荒汁や煮物、揚げ物などを次々に並べていた。お恵はふたりとも初対面だが、昔馴染みのように気さくに振る舞っていた。長五郎と銀平が遊び仲間だったからである。

遅れて、円城寺と紋七も入ってきて、もうすでに酔っ払っている逢坂も混じって、わいわいがやがやと大宴会になった。

「いやあ、それにしても良かった。悪いことはできぬものだなあ」

円城寺が長五郎の肩を叩いて、

「なんだか知らぬが、〝ムササビ小僧〟ってのが現れて、黒沼の屋敷からごっそり金を盗み出したそうな」

「そうなんですかい……？」

驚いた長五郎だが、昔仲間とはいえ、銀平が〝ムササビ小僧〟だとは知らない。

「ああ、そうらしい。何千両もの金を一晩で盗んだのだから、仲間がいるんだろうな。町奉行所としても探索中だが、どうもよく分からぬ。それに、盗まれた金を盗まれても、それを裁く御定法はないらしいのだ」

「そうなんで……」

「黒沼は切腹、久左衛門は死罪……まあ残った金は、長五郎に美乃……おまえたちのような者が、恵まれない奴らのために、仕事にあぶれた者のために、世間に馴染めず腐っている奴らのために、使ってやれ」

まるで円城寺は、義賊の〝ムササビ小僧〟が金をばらまくとでも思っているようだった。銀平は薄い笑みで知らぬ顔をしているが、どうやらそうなりそうだ。

「ところで、おまえたち……昔は悪仲間で、しかも理無い仲だったそうじゃないか」

円城寺が、長五郎と美乃ふたりの肩を叩いて、ニヤけた顔を向けた。

「——そ、そんなんじゃありませんよ……」

美乃は照れ臭そうに苦笑したが、長五郎の方はまんざらでもなさそうだ。まじまじと美乃の横顔を見つめて、

「あの頃は、ふたりともお先真っ暗で、出鱈目なことばかりしてた。おまえだって、やけくそみたいなことばかりな……でも、いい女になった。世辞じゃねえぜ」

としみじみ言った。美乃ははにかんでいたが、

「そういう長五郎さんだって、見違えたわ」

「人生、いつからでも、何処ででもやり直せるってことだ」

長五郎が微笑みかけると、銀平が穏やかな顔で、

「だったら、おふたりさんも、やり直しをやったらどうだい。若い者たちの出直しを手助けするだけじゃなくてよ」

と促したが、ふたりは曖昧に微笑んでいるだけである。

「あれ……？　今日は与太郎はいないのか」

遅まきながら円城寺が気づくと、お恵が答えた。

「なんだか知らないけれど、珍しくひとりになりたいんだって」

「どうして……」

「さあ……円城寺の旦那の顔を見たくないんじゃないですか。これからは、こんな同心の真似事はしたくないって言ってました」

「どうしてだ。奴のお陰で色々と暴かれたこともあるのだぞ」

「でも、悪事を暴くのは性に合ってないとかでね。それにお酒も弱いし……と言いながらも、今頃は、〝おたふく長屋〟のみんなと月見でもしてるんじゃないですかねえ。ほら、あんなに……」

厨房の格子窓の外を指さすと、くっきりと満月が浮かんでいた。

爽やかな夜風が、江戸中を心地よく吹いていた。

第三話

咲かない女

一

美しい月が消えてしまうくらい、隅田川の夜空には優雅な花火が開いていた。その輝きは川面《かわも》にも映って、沢山浮かんでいる屋形船の灯りと相まって、うっとりするほど華やかだった。

はらわたに響くほど鳴り響く音と、揺れる水面《みなも》の情景を土手から眺めていると、誰もが一杯やりたくなるというものだ。〝おたふく長屋〟の連中も花見ならぬ、花火見物に大勢で出払っている。

だが、古鷹与太郎は、花火は真下よりも遠くから見るのが好きで、日本橋川の畔《ほとり》からぼんやりと眺めていた。下戸だが腹は空くので、いつもの『蒼月』に立ち寄った。

白木の一枚板が伸びる付け台では、銀平がさほど愛想もない顔で魚を捌いており、女将のお恵も煮物や揚げ物などの下準備をしていた。湯気が店内に広がって、ほっとする温かい空気に包まれている。いつもの風景である。

ただ違うのは、付け台の端で、珍しくひとりで、円城寺左門が酒を飲んでいる姿だった。御用で失敗でもしたのか、呪文のように呟いている。

「紋七親分も連れずに、どうしたのだ。花火見物もしないで、杯の中を覗いているとは、旦那らしくないな」

「うるせえ」

「また惚れた女に逃げられましたか」

出鱈目なことを言いながら、付け台の反対側の端に与太郎は座った。

「与太郎さん、越後《えちご》から鶴亀っていう美味しいお酒が届いてますよ」

「あ、そう……じゃ、一杯だけ。あ、おちょこ一杯だけな」

答える与太郎の前に、お恵は小さな杯を出して酒を注《そそ》いだ。与太郎の視線の先にいる円城寺をチラリ見て、

「さっきから、ずっと黙ってるんですよ。というか、ぶつぶつと……知らない人が見たら、頭がおかしい人だと思うでしょうねえ」

と言った。

「いや、知ってる奴でも、円城寺の旦那のことはおかしいと思ってるだろうよ」

笑いながら銀平は言って、突き出しの蛸《たこ》の煮物を差し出した。与太郎がひと口、食べて美味《うま》いと舌鼓を打つと、円城寺がいきなり、

「おまえさんを待ってたんだよ」

と手酌で酒を飲みながら振り向いた。そして、与太郎に銚子を差し出したが、いつものようにさほど飲めないと断った。

「本当につまらねえ奴だな……ま、いいや。そんなことより、逢坂錦兵衛殿の様子が、このところ妙なのだ」

「逢坂さんが……」

「女将さんや銀平も勘づいている。おまえさんは同じ長屋の住人だから、もっと分かってるんじゃないかと……な」

「む？　何の話だ」

与太郎が訊き返すと、円城寺はもう一度杯を重ねてから、

「あの人は先般、以前いた藩に出戻ったのだが、どうも酒で失敗したらしくてな、また蝦蟇の膏売りをしてる。それじゃあんまりなので北町で同心をやらないかと勧めたのだ」

「そんなことができるのか」

「うむ。まあ、奉行所とて古い体質ゆえな、代々、御家人の身分の者しか雇わぬ。だが、逢坂殿は剣術の腕前もそこそこ凄いし、これまで捕り物の手伝いもしてくれた。だから、見習い……といっても年だから十五、六の若いのと一緒にはできぬが、まずは御家人扱いとして……」

云々《うんぬん》と円城寺は自分が世話をしたことを語った。

「だがな、近頃、奉行所見習いが嫌になったのか、あまり顔を出さなくなったから、何か不都合があったのかと思いきや……」

「あら、円城寺の旦那が人様の心配をするなんて、雪でも降るのかしら」

お恵がからかうように言っても、円城寺は怒りもせず、

「女将も聞いてくれ。実はこの前、日本橋の辺りをぶらついてたら、ちょいと訳ありげな女と一緒だったんだ」

「へえ、逢坂様がですか。こりゃ、益々《ますます》、雪が降りそうだなあ」

「だから茶化すなって。二十代半ばの若い女で、大きなえくぼで仕草も可愛げがあった」

「いいじゃありやせんか。逢坂様だってまだまだ男盛り。嫁さんを貰った方が、加奈ちゃんも世話をせずに済む。その分、与太郎さんに尽くせるってこった」

「俺の話はいいよ」

あっさりと言い返す与太郎に、円城寺はその時の逢坂の様子が普通ではなかったと説明した。声をかけたら、まずいところを見られたという態度で、その若い女の手を引いて逃げたというのだ。

「それは、なんだな……円城寺の旦那に見られたから、ありもしない余計な噂が広がっ

てしまうと思ったからではないのか」

与太郎の言葉に、お恵と銀平は頷いた。

「別にいいじゃねえですか。それとも、その可愛い女に入れあげて、奉行所に来なくなったのですかい」

言いながら銀平は鯛《たい》や鱸《すずき》の刺身の盛り皿を差し出したが、円城寺は箸も付けず、

「まあ、ふつうの女ならよいのだが……実は老中の水野《みずの》様の密偵なのだ」

「ええ!? 水野様って、あの老中首座の水野忠邦《ただくに》様」

素っ頓狂な声をお恵が上げると、円城寺は短く頷いて銚子を傾けた。

「てことは、水野様が逢坂様の何かを探っているってこと?」

「かもしれないのだ」

「もしかして、水野様のご家来になるのかしら。どのような人物かを探っているのかもしれないわよね」

「その逆だ。逢坂殿は、水野様に狙われているってことだ」

確信している円城寺の言い草に、与太郎は首を傾げて、

「なんで円城寺さんが、ご老中の密偵の顔を知っているのだ。そっちの方が不思議だ」

「ま、そうだな……しがない町方同心だからな……でも言っておくが、円城寺家は足利《あしかが》家に仕えた千葉家の家老という家柄だ。戦国大名でいえば、肥前《ひぜん》の龍造寺《りゅうぞうじ》家や鍋島《なべしま》家

との繋がりもある。香取《かとり》神宮の造営にも関わった名門だ。ゆえに、徳川家康公《とくがわいえやす》が江戸入封した頃からの御家人なのだ。むろん、旗本もいる」

「へえ、それは知らなかった。とっても自慢たらしいところが、円城寺の旦那らしい」

銀平がまたからかったが、いつもの円城寺とは違って殊勝な感じで、

「だから、円城寺家は幕府の密偵役も仰せつかっていた。水野様の密偵の女の顔も、俺は知ってるのだ」

「それは畏れ入った。では、逢坂さんは何か水野様に疑われているとでも？」

与太郎も真面目に尋ね返すと、

「逢坂殿の方も何かを探っているらしく、そのために女に近づいている節がある。誰の命令かは知らぬがな」

「曰くありげだなあ」

「数日前のことだ。逢坂殿の娘、加奈が奉行所帰りの俺を捕まえて、もう何日も長屋に帰って来ないから、何か失態でもしたのかと心配してたんだ。ほら、酒癖悪いから」

「そういや、しばらく顔を見ておらぬな」

「俺も様子が変だと思ってたから、悪いことにでも巻き込まれたのではないか……そう思って、何度か逢坂殿を尾《つ》けたのだが、すべて逃げられた。余程のことがあるのだろう」

「たしかに妙だな……あ。うまいなあ、やはり鯛はコリコリしているのがいい」

笑いながら与太郎は少しだけ酒を口に含んだ。円城寺は刺身には目もくれずに酒ばかり飲んで、

「とにかく妙だと思って調べてたら、今日のことだ。案の定、奴は、ひとり暮らしの女の家に出向いてた。相手が水野様の密偵だとは知らずにだ……女は向島《むこうじま》にある庵《いおり》のような所に住んでた。おりんと名乗ってる」

「…………」

「水野様の密偵であることには違いないが、それ以前にも何処かで会っているはずなのだが思い出せないのだ……女盗賊だったか、岡場所の遊女だったか……」

しみじみと考え込む円城寺に、与太郎はなぜか笑い顔になって、

「だったら俺が直に聞いてみる。それを頼みたかったのだろう」

「ああ……逢坂殿が何を調べてるのかは俺は知らぬが、奉行所に関わった限りは、妙なことが起きてからでは遅い……」

「たしかに、何か大きな事件に巻き込まれたりしたら、加奈が可哀想だ」

「とにかく、頼んだぞ」

押しつけるように円城寺が酒を飲み干すと、お恵がふたりの間に入って、

「円城寺の旦那……実は一回だけだけど、そのおりんて女を、逢坂様、連れてきたこと

があるよ」

「えっ。なんで先に言わぬのだ」

「だって、訊かれなかったんだもの……たしかに、おりんて呼んでた。素直で可愛らしい感じでしたけどねえ」

静かに食べて飲んでいただけなので、さほど気にならなかったと、銀平も言った。

「でもね……ふたりは男と女の仲じゃないと思いましたけどねえ」

「だろうな。だって、逢坂さんが惚れてるのは、女将だから」

からかう与太郎に、お恵は冗談はよしてと手を振ると、銀平の方は真顔で、

「女将さん、それは間違いだ……これは俺の勘ですがね、逢坂様はあの女に本気で〝ほの字〟ですぜ。ええ、だから今、御老中の密偵だのなんだのと聞いて、なんとなく危ねえ気がしてきやした」

「危ない……」

「女の方もまんざらではないようでしたので、もしかしたら……極秘の務めとやらを反故《ほご》にしてでも、思いを全うする……そんな感じもしてきやした」

「まさか、心中騒ぎでも起こすんじゃないだろうねえ」

「人間思い詰めると何をするか……世間にはよくある話でやんす」

「物騒な話だな」

今度は与太郎が溜息をついて、

「円城寺の旦那こそ、きちんと調べ直した方が良さそうだな」

すると、お恵が与太郎に擦り寄って、

「それより、与太郎さんはどうなんですか、女の方は……」

と妙に艶っぽい声で言った。

だが、円城寺は笑いもしなかった。その様子を見て、

——もっと重要な心配事でもあるのかな。

と与太郎は思うのだった。

二

向島は橋場《はしば》不動尊《ふどうそん》の裏手の路地に、おりんの庵はあった。関東三十六不動霊場の二十三番目、砂尾山《すなおさん》不動院のことである。

小さな竹林の中の、何の飾り気もない家だった。その縁側で、逢坂はおりんの膝枕に甘えるように、耳かきをして貰っていた。満足そうに笑いながら、

「いやあ、いつもながら気持ちいいなあ、おりんの耳かきは……極楽極楽……この膝も柔らかくて心地よいわいなあ」

ふざけた言い草で、逢坂はおりんの膝先をいやらしく撫でると、おりんの方もまるで幼子を相手にするように、

「これこれ、大人しくしてないと、鼓膜を突っついて破いてしまいますよ」

と冗談めいて笑っている。

「む……」

人の気配に寝返りを打った逢坂の目が、垣根の外にいる着流しの浪人者、数人の姿を認めた。だが、浪人にしては月代《さかやき》や髭《ひげ》を綺麗にしており、着物もこざっぱりしている。だが、みんな目つきだけは刃物のように鋭かった。

――もしや水野様が放った目付かもしれぬ。

逢坂はそう思ったが、浪人たちの姿には気づかない振りをしていた。だが、おりんの柔らかな手つきと陽光に眠気を感じたとき、ふいに不安が訪れた。先程飲んだ茶に眠り薬でも入っていたのではないかと勘繰ったのである。恐怖に似た感覚の中で、気が遠くなった。

どのくらい時が経ったであろうか。目が覚めると、障子戸は閉められており、横になった逢坂の体には布団が掛けられてあった。そして、隣の部屋では、おりんが縫い物をしているのを見て、逢坂はほっとした。

――ああ、よかった――。

さっきの浪人たちにさらわれたのではないか……と思っていたからである。羽織の綻びでも縫っているのであろうか。そのしなやかな手つきを逢坂が寝そべったまま眺めていると、おりんはその視線に気づいて、

「お目覚めですか……何か飲まれますか」

「いや。お気遣いなく」

と起き上がって、布団を畳みながら、

「かたじけない。かような真似までさせて、本当に申し訳ない」

遠慮がちに逢坂は言った。おりんは微笑み返しながら、

「日陰は涼しいですから、夏風邪をひかれては困りますからね」

「すまぬ……ありがたいことだ……」

「まあ、大袈裟《おおげさ》ですこと」

「まことだ。俺のような無頼に、あなたのような立派な武家の女子《おなご》が……勿体ない」

「本当に冗談がお好きでいらっしゃること。私は武家の女子と言っても、ただ拾われただけのことですから」

おりんは俯き加減に申し訳なさそうに言うと、針を片付けながら、

「それに比べて、逢坂様は正真正銘の武家……立派なお侍様でございます」

「いやいや。本当に謝らなくてはならない。役儀とはいえ、耳かきなんぞをさせて……

勘弁してくれ。このとおりです」

と逢坂は頭を下げた。

「よして下さいまし」

「あ、いや……まことの内縁の夫のふりをするのも……内縁の夫というのも妙な言い方ですが、とにかく、侍として職務に忠実にやっているだけなので、その……」

「分かっております」

逢坂は正座をし直して、真顔になり、

「まこと、耳かきなんぞさせて……先程も垣根の外に怪しげな浪人がいたが……傍目《はため》から見て、私の囲い女《め》だということを見せつけねばなりませんから」

「分かっております。でも、耳かきは本当に好きなのです」

「承知しております」

何がおかしいのか苦笑したおりんは、さっと立ち上がると、さっきまで縫っていた羽織を衣桁《いこう》にかけて、

「奥方がいらっしゃらないから、綻びを見ることも忘れているのでしょうね、逢坂様は。もう大丈夫ですよ、ほら」

「か、かたじけない……」

おりんは軽やかに立ち上がると、

「ちょっと出かけませんか？　お不動さんにお参りに……」

出世不動とも呼ばれている。神田にある徳川家の鬼門として創られた不動尊とともに、嘘か誠か祈願すると出世するとの謂《い》われがある。

「小さなお不動さんですが、あの恐《こわ》い目を見ると、心の中の汚いものをすべて見透かされている気がして、反省する。すると、なんだか気が軽くなってくるんです」

「……気が軽くなる」

「逢坂様は、そういうことがありませんか？　疚《やま》しい気持ちが何処かにあって、それを拭い去りたいとか、綺麗にしたいとか」

「あ、ああ……」

曖昧に返した逢坂の方が、心の奥の下心を見られている気がして目を伏せた。

町中に祀られている不動尊には境内があるわけではない。だが、細い参道には、毎日が縁日かと思えるくらい出店が並んでいて、散策をするには丁度よかった。普段はあまり聞くことのない子供たちの賑やかな声も、青空の下で飛び交っている。

肩を並べて歩いていると、逢坂の手をおりんはそっと握りしめた。

「あ……」

思わず離そうとする逢坂に寄り添うように、おりんは言った。

「人には理無い仲に見せないといけないのでしょう？」

「――そうだが、本気になってしまいそうだ……そうなれば、不義密通ではありませんか……いかん、いかん。こんなところを娘に見られたら、あわわ、どうなることやら」

「そのお話は御法度ですよ」

「あ、そうだったな」

逢坂が照れ笑いをすると、おりんは自然に寄り添って、

「それに不義密通ではありません。私はたしかに囲い女ではありますが、誰の妻でもありませんから……もっとも囲い女は、咲かない花もおなじですかね」

「あ、いや、それでも実にまずい……仮にも、水野様が大切にしているお人です。そんな女子と何かあったら、それこそ切腹ものだ」

「シッ……」

おりんは指を立てた。

「あ、これは……余計なことを」

声を潜めた逢坂は、辺りを気にするように見廻して、

「……水野様も残酷なことを命じたものですな」

と深い溜息をついた。

人の気配を感じ、「また目付かもしれぬ」と振り返ると、そこには微笑みながら与太郎が立っていた。

「あ……与太郎殿……どうして……」

「長屋に帰って来ぬから、加奈も心配している。まあ、奉行所の仕事だということにしてるようだが、それは大嘘で、こんな所で女と一緒に暮らしていたのか」

「いや、これには少々訳があって……」

「言わなくてよい、よい。武士の情けだ。加奈にも黙っておいてやる。はは……それより、円城寺の旦那がいたく心配していた。密命でもあるのかもしれぬが、あいつには話しておいてやったらどうです」

与太郎は逢坂の肩を叩きながら、

「この女子か。おぬしが囲ってる美しき人というのは」

「だ、誰がそんなことを!?」

「隠すな隠すな。長屋の連中にも余計なことは言わんよ……それより、折角、円城寺さんが世話をしてくれたのに、奉行所を休んでこれは、なんだかなあ……」

「違うのだ。だから、これには……」

「ならば、事情を聞かせて貰いたいな。お恵も心配してたから」

「えっ……お恵がなんで知ってるんだ」

「だって、おぬしが店に連れてきたって話してたぞ」

困惑して言い訳もできない逢坂に、与太郎はやはりニコニコしながら、

「心配することはない。俺はいつだって逢坂殿の味方だ。逆に困っていることがあれば、何でも相談に乗るからな」

与太郎とのやりとりを見ていたおりんは、クスッと笑って丁寧に頭を下げ、

「逢坂様から聞いております。長屋でぶらぶらしているけれど、本当は凄い御方《おかた》で、強きを挫《くじ》き弱きを助ける名人だって」

「弱きを助ける名人……そんな奴はおらぬだろう」

「いいえ。私は一目で、どんな人か見抜くことができるんです」

ほんのわずかだが、只者ではないという雰囲気に変わったおりんを、逢坂は横目で見ていたが、おりんは与太郎には直截《ちょくせつ》に訊いた。

「あなた様とうちの旦那様とは、どのような仲なのでしょう」

「旦那様というのは、どっちのことだ？　逢坂殿か、それとも水野様か」

水野の名前を出したので、逢坂は吃驚したが、おりんは平然と、

「もちろん、この逢坂錦兵衛様のことです。誰ですか、水野様というのは」

惚けているのは、やはり老中からの密命があり、何らかの理由があって、命を捨てる覚悟があるからだろうと与太郎は察した。だが、朗らかに大笑いして、

「俺はただの浪人。逢坂殿とは同じ長屋の住人だ。色々と世話になってる」

「それも聞いております……本当は何方《どなた》かとお尋ねしております」

「本当も嘘もない。ぶらぶらしておるだけだ。たまには普請場人足たちと一緒に汗を流すけどな。いやいや、働くというのはしんどいが、なかなか楽しいものだ」

与太郎はわざと大袈裟に言ったが、おりんはほとんど顔色を変えずに、じっと見つめていた。が、何処かで鳥の声がした途端、ニコリと微笑みかけて、

「そうでございましたか。逢坂様と仲良しなのでしたら、いつでも遊びに来て下さい。でも、与太郎様……ご安心下さい。私は誰にも迷惑はおかけしません。逢坂様に心底、惚れているだけでございます」

と言ったが、どうも一筋縄ではいきそうにない女だと、与太郎は感じた。

「——まいったねえ……逢坂殿に、かような美しい女がいたとは、加奈に内緒にしとくのも、ちと辛いなあ」

芝居がかって言った与太郎に、逢坂は目顔で、もう勘弁してくれと言っているが、あえて気づかぬふりをして、

「どうだ。まぐろ鍋でも食わないか」

と唐突に誘った。

「えっ……でも、俺は……」

逢坂が戸惑っていると、与太郎は、

「どうです、あなたも一緒に。そこの三囲《みめぐりい》稲荷社《なりしや》の前に、いい店があるそうだ」

とおりんを誘うと、一度食べてみたかったと当然のように店までついてきた。

三

江戸名物のまぐろ鍋だけではなく、しゃも鍋やさくら鍋、もみじ鍋など獣の肉の鍋も人気だった。醤油《しょうゆ》やみりん、酒などで作った出汁《だし》や味噌《みそ》で仕立て、野菜や豆腐など一緒に煮込むだけのものだが、何人かでわいわいと和みながら食するのが楽しいのだ。

真夏だというのに、与太郎は体中に汗をかきながら食べては、

「いやあ、うまい……はふはふ……」

と笑うと、おりんも微笑み返して、「本当に美味しいですね」と目を細めた。

「逢坂殿と俺は、いつぞや〝傾《かぶ》き者〟の旗本を痛い目に遭わせてから、色々と余計なことに首を突っ込んでは、楽しい酒を飲んでいるのだ。もっとも俺は下戸だから、つきあいは悪いが、逢坂殿は長屋の者たちにも慕われている」

と言うと、逢坂は首を振って、

「いやいや、用心棒だとは言われるがな」

「元はさる大名の家臣だったが、同じ長屋の者同士仲良くやってる。娘の加奈もなかなかの美人で気立てがよい。その娘のためにも仕官しようと頑張ってるのだ」

「――よ、与太郎殿……あまり余計なことは……」

「あ、そうだな。俺はどうも口が滑りやすくていかん。でも隠すことでもあるまい」

誤魔化すように笑って、ハフハフと鍋料理を食べ続けた。

「そうですよね。私も逢坂様のこと、もっと色々と知りたいですわ」

微笑むおりんだが、逢坂は曖昧に頷いただけであった。どうやら与太郎が何を話し出すか気になるようで、黙ってしまった。そんな逢坂に、与太郎は意味ありげな笑みを投げてから、

「なんだ、浪人であることや、町奉行所に見習いで出仕していることを隠してたのか……もっとも一緒にいる女とはいえ、ペラペラ話す奴は信頼できぬものな」

「………………」

「あ、それは俺か？　アハハ。まあ、いいか……しかし、逢坂殿は肝心なことも話さない癖があると、加奈は日頃、言っている。なに、嘘つき呼ばわりしてはいないぞ。たとえば……そうだな、自分の手柄話などは、あえて人にはしない。自慢話が嫌いなのだな。そういう人間は信頼できる、うん」

と食べるよりも喋る方が多かった。

「与太郎様の言うこと、私にもとてもよく分かります」

「だろうな。逢坂殿は、あるとき……小さな赤ん坊を預かったことがあるんだ」

「赤ん坊？」

おりんは不思議そうに首を傾げた。

「ボサーっと町辻に立っていたら、女が来て、厠に行きたくなったから、ちょっと預かってくれと赤ん坊を逢坂殿に抱かせ、女は近くの茶店に入った。けど、そのまま、女は裏手から姿を消して……何処の誰かも分からないまま、赤ん坊を長屋に連れて帰ってきた」

「そんなことが……」

おりんが感心したように言うと、逢坂は首を横に振って、

「与太郎殿、それは話が違う。加奈が勤めている茶屋でのことで、その……」

と言いかけると、与太郎はハッキリと答えた。

「いや。それとは別の話で、以前にそんなことがあったと加奈から聞いた。だから、加奈もあの時、つい情けにほだされて、な……今でも、大吉はうちの長屋におる。だよな」

「え、ああ……」

与太郎はおりんに向かって続けた。

「まだ生まれて間もない赤ん坊だ。捨て子は多い江戸だが、人に預けるだけまだ人の心があったということか……しかし、預かったのはいいものの、どうしてよいか分からず、

なかなか育ての親も見つからない」

「そんなことが……」

「だから、逢坂殿は、だったら自分で育てると長屋に連れて帰って、自分の子として面倒を見たんだ……女の子だった。自分の産んだ子を、よく捨てられるよなと思いながら、逢坂殿はあちこち何日も、自分に赤ん坊を預けた女を探したんだが、なかなか見つからない」

「どうなったんです？」

「常々、人の命は大切にしろなんて言っている奴に限って知らぬ顔をする……本当に酷い世の中になったものだ」

「……その子は、どうなったのです」

おりんがもう一度訊くと、与太郎は逢坂に向かって、

「あなたから言ってやったらどうかな」

と振った。

少し戸惑っている逢坂を見ていたおりんが、

「まさか……その子が、加奈さん……ですか」

と目を丸くした。

「ある日……日銭稼ぎに出ていた間に、俺に赤ん坊を預けた女が長屋まで訪ねて来たら

しく、預かってくれて有り難うと言い残して、連れ去ったらしいんだ」

「あ、加奈さんじゃないのですね」

「加奈は正真正銘、俺の女房が産んだ娘だ……」

「——ふたりとも、ややこしい話し方をしないで下さいな。ちょっと、吃驚しました……それで、赤ん坊は何処へ連れて行かれたのですか」

「それが分からなかった。母親だとは思うが、誰が連れ去ったのか、その後どうなったのか。母子ともに幸せになってればいいがと逢坂殿は願った」

困ったように俯いた逢坂を眺めながら、与太郎は付け足した。

「そのことで却って、逢坂殿はその母子のことがまた心配になって探し廻ったのだが……心中死体で見つかったとか」

「そ、そんな……」

「だから、逢坂殿はキチンと見てなかったことを悔やんだ。なんとかできたはずなのに、自分は何もしなかったと」

「………」

「もちろん、それは逢坂殿のせいではない……かように世の中は、曖昧でいい加減で、何が正しくて何が間違いで、人のどういう行いが善で、何が悪なのか……何かが起こるまでは誰にも分かりはしないのだ。ゆえに、ひとときの感情で動いたり、できもしないことを安請け合いしたりしたことで、人生が狂ってしまうこともある」

「………」

「だから、おりんさん……あんたも、きちんと後のことも考えて物事をやらないと、自分が後悔するだけではなくて、誰かを傷つけることにだってなりかねないのだよ」

「――お優しいのですね、与太郎様は」

おりんが微笑みながら、逢坂を見やると箸がほとんど進んでいない。

「あら、お食べにならないのですか？　本当に美味しいですよ」

「え、ああ……」

「どうしたのです？」

「いや……」

逢坂は何か心に引っかかった顔つきになって、

「与太郎殿……なぜ、そんな話をしたのだ……本当は、おりんさんのことを調べにきたのであろう。俺のことではなくて……」

「さよう。実は別件で、おりんさんに話があったのだ」

「えっ、この私にですか？」

意外そうな顔をしたおりんは、箸を置いて与太郎を見つめ返した。与太郎はおもむろに優しく語りかけるように、

「田子作《たごさく》という男を知っておるな」

「………」

明らかにおりんの表情が曇るのを、逢坂も見ていた。「上総《かずさ》一宮《いちのみや》の漁師の倅だったが、江戸に出て来て、茶菓子などを作る職人になった……あなたとは夫婦《めおと》約束をした相手なのだから」

「それがなんです……!?」

おりんの表情はさらに険しいものに変わった。その変貌に逢坂も驚いたが、あえて何も訊かなかった。だが、与太郎は続けて、

「知ってるだろ、田子作を」

「──夫婦約束……いいえ。ただの幼馴染みで、とても仲良しでした」

「そいつが今、何処でどうしてるか、知ってるのではないかな?」

「さあ、それは……」

承知しているが、話したくないという様子だった。逆に、逢坂が与太郎に訊き返した。

「与太郎殿。何のことか、はっきりと言ってくれ。そもそも、おぬしが何故、おりんさんの幼馴染みの話を知っておるのだ」

縋るように問いかけた。だが、与太郎はいつもの飄然とした顔で、何もかもを見透した瞳を向けている。子供のように何の濁りもなく煌《きら》めいている目を見ていると、逢坂は

いつも心の中の硝子《ガラス》細工が壊れる気がする。

今日もパリパリッと小さな音を立てて割れた。

水野から口止めされていることだが、与太郎に対しては正直に話しておいた方がよいのではないか、救ってくれるのではないかという思いが過《よ》ぎった。

「じ、実は……おりんさんのことを、どうして自分の女としてふるまっているか……その訳を、おぬしにだけは伝えておこう」

「うむ……」

「実は……水野忠邦様は今、詳しくは言えぬが、ある事件によって老中首座として、窮地に立たされているのだ。だが、この動乱の治世だ。水野様が失脚するようなことがあれば、天下はますます混乱し、飢饉に相まって疫痢が蔓延《まんえん》し、妙な占いや神頼みが広がり、人びとは塗炭の苦しみに陥ることになる」

「で……」

「水野様の足を引っ張りたい連中は、このおりんさんにも目を付けた……水野様の〝囲い女〟なのだ」

逢坂は胸が痛むのか手をあてがいながら、

「理由はともかく、つまらぬことで水野様が失脚すれば、あまりにも世の損失……ゆえに、俺の女だということにして世間を欺いておきたいのだ……事実、目付らしき者や水野様の密偵も、俺たちを見張っておる」

しだいに声が小さくなって、鍋のぐつぐつ煮える音で消えるほどだった。

「──つまりは水野様の護身のために、逢坂殿が犠牲になっているというのだな」

「犠牲とは思っておらぬ。実は俺は……前々から……前の前の前から、いつだったか忘れたくらい遠い前から、おりんさんのことを慕っており……ほ、本気でそうなってもよいと思っていたんじゃるるる……」

蝦蟇の膏売りのときでも肝心な時に舌を噛んで呂律《ろれつ》が廻らなくなる逢坂らしかったが、切実に語るその姿を見ていて、与太郎は感銘を受けた。

おりんも意外な目で見ていた。以前から自分のことを知っていたとは、まったくもって気づいてもいなかったからだ。

「どうして、私のことを……？」

「知っていたのか……」

「はい……」

「実は何度か、この三囲稲荷社で見かけていたのです」

「私のことを？」

「ええ。この稲荷は誰もが知ってるとおり、蕉門十哲《しょうもんじってつ》のひとり宝井其角《たからいきかく》が、干魃《かんばつ》に苦しむ百姓たちのために雨乞いの句を詠んだことでも知られており、水神様と並んで、人びとに敬われている……俺はこの近くの弘福寺《こうふくじ》に時折、精神修養のため参禅に来ておってな。その折に、あなたを……」

「全然、精神修養になってないな」

与太郎が茶々を入れた。

「久米《くめ》の仙人が美女の足に見惚《みと》れたようなものか、アハハ。まあ、仕方ないな。おりんさんは、男を惑わせる艶やかさがある」

「おい、与太郎殿……そうからかうな。真面目に話しておるのだ」

逢坂は緊張した面持ちで告白した。もちろん、その時は、何処の誰かとは知らず、何気なく尾けたら、この庵に住んでいると分かった。

「だが、まさか御老中、水野様の〝囲い女〟とは知らず……そしたら、此度、水野様に命じられて、おりんさんを訪ねたときには、その運命《さだめ》に驚いたのだ」

「今、聞いて驚きました……私の方が恥ずかしい……」

はにかんで笑みを洩らしたおりんだが、与太郎に向き直って、

「それで与太郎様……今話された田子作さんのことですが、何かあったのでしょうか」

「…………」

「隠すことではありませんが、田子作さんはもう三年くらい前でしょうか、何をしたか分かりませんが、阿片《あへん》絡みの咎で捕らえられ、佐渡《さど》送りになっております」

「阿片絡みで佐渡送り……!?」

素っ頓狂な声を上げた逢坂だったが、与太郎は予め知っていたのであろう、

「水替え人足として送られたらしい。しかし、半年程前に島抜けをして、そのまま行方が分からなくなったのだが……今度、江戸に舞い戻っているということを、円城寺さんが摑んだのだ」

「島抜け……ですか」

おりんも驚きを隠せない。

「それで、あなたたちのことも聞いてな。俺は俺で調べてみたら……おりんさんと関わりのある田子作のことが分かったんだ」

「えっ……」

今度は、逢坂の方が訝しんで、

「俺なりに調べたって、それは、どういう……」

「それはともかく……」

与太郎はさらりと聞き流して、

「佐渡送りは、水野忠邦様が命じたことらしい」

「ええっ……」

「田子作はおりんさん……あなたに会いたがっていたそうだ。恋しいからではない。自

分が島送りになったのは、あなたのせいだと。かなり恨んでいたそうだ」

「う、恨む……どうしてそんなことを!?」

逢坂の方が心配そうな顔になったが、与太郎がキッパリと言った。

「どうやら、久米の仙人は水野様のようでな、おりんさんを我がものにするために、佐渡送りにするよう町奉行に命じたのではないのかな。そして裁いたのは北町の遠山様ではなく、南町《みなみまち》の鳥居耀蔵《とりいようぞう》様だ。水野様には忠実だそうだからな」

「…………」

「だから、逢坂殿。そういう意味でも、おりんさんを守ってやらねばならぬな」

「与太郎殿……おぬしは一体……」

何者だという顔をした逢坂だが、与太郎はいつもの微笑みに戻って、

「精一杯、惚れた女を守り通すのだな。ああ、羨ましいことだ」

と言った。だが、おりんの方は衝撃のあまり、暗澹《あんたん》たる表情になるのだった。

四

数寄屋《すきや》橋門内の南町奉行所を、不穏な三日月が照らしていた。

奥の役宅の一室にて、寝間着姿になった南町奉行の鳥居耀蔵が行灯を消したとき、

梟《ふくろう》の鳴く声が中庭からした。密偵である。鳥居が声をかけると、障子越しに男の声が流れてきた。

「島抜けした田子作のことを、北町の円城寺が探っているようでございます」

「ふむ……」

唸った鳥居は、おもむろに立ち上がると障子戸を開け、中庭に控えている浪人者を見下ろした。おりんの屋敷を垣根越しに覗いていた浪人数人のうちのひとりである。

「――松井《まつい》……円城寺は、田子作がおりんのもとに現れると見込んでいるのだな」

「さようでございます」

「だとすれば、水野様にもご迷惑がかかる。田子作などという虫けら、適当に踏み潰しておけ。よいな」

「ハハッ……」

松井と呼ばれた浪人は返事をしたものの、立ち去らなかった。鳥居は苛ついた声で、

「他に気になることでもあるのか」

「実は……おりんは、水野様の命で、逢坂錦兵衛に囲われているように見せかけておりますが……改めてその男のことを調べたところ、かつては武蔵片倉《むさしかたくら》藩の家中の者でして、どうも……」

「案ずるな。儂《わし》が水野様に進言したことだ」

「えっ……？」

「奴は、北町に見習いで入ったが、以前、ちょっとしたことがあってな……こやつは使えると考えて、奴を呼び寄せ、水野様に推挙したのだ。むろん、遠山には筋を通してな」

「さようでしたか。しかし、何故に……」

「おまえが穿鑿《せんさく》することではない……と言いたいところだが、松井……おりんの元を、古鷹与太郎という若侍が訪ねたであろう」

「あ、はい……今、その素性を調べているところです」

「素性のことはよい。奴が動くことは想定しておった……よいか。おまえも承知のとおり、田子作の島抜けについては、北町の遠山に先手を取られては困る。必ずや田子作をこっちの手で捕らえて葬らねば……この我が身が危うい」

「………」

「よいな。田子作が現れれば斬り殺せばよいのだ。できれば、円城寺が捕らえた直後に斬り殺せ。さすれば、円城寺の不手際が責められて、飛び火は遠山に移る」

鳥居は腕組みでほくそ笑むと、

「おりんが、水野様の女である限り、儂にとっても好都合……いわば水野様の弱味を握ることになるのでな。儂はこれでも大学頭《だいがくのかみ》・林《はやし》家の出だ。町奉行如きで終わりとうない」

「そうでしょうとも。鳥居様ならば大名になられて、若年寄でも老中でも……」

松井は持ち上げるような声で言ったが、鳥居は険しい顔になって、

「気を抜くでないぞ……おりんは元々、島流しになった男と行く末を言い交わしておった。そんな女に惚れた水野様は腑抜《ふぬ》けだが、権力の座から落ちたら、これまで仕えてきた儂の苦労も水の泡だ」

鳥居は苛ついたように歯噛みして、

「それゆえ、田子作なる者には罠を仕掛けて佐渡送りにしたのだが、いっそのこと死罪にしておくのだったと悔いておる」

「………」

「万が一にも田子作の奴が、そのことに気づけば厄介だ。覚悟を決めて消せ。おまえたちに何かあれば、儂がうまくはからう。よいな」

鳥居が嗄《しやが》れ声《ごえ》で命じ、松井がすべてを承知したように頷くと、動きの速い雲が不気味な三日月を包み隠し、漆黒の闇となった。

この闇の中に——お蝶が潜んでおり、その目がキラリと光った。

荷物を背負った行商人風の男が、大伝馬町《おおでんまちよう》の目抜き通りに現れたのは、その翌日のこ

とだった。何処へ向かうのか、飛脚のように足早で、眉間には深い皺が寄っていた。

その後を尾けているのは——同心の黒羽織を脱いだ着流しの円城寺と、按摩《あんま》姿の紋七だった。他に下っ引《したびき》なのであろうが、商家の手代の格好をして紋七の後についている。

行商人風の男を捕縛しようとしているのだ。

角を曲がった行商人風はつんのめるように足を止めた。行く手の町木戸は昼間だというのに閉じられており、番人たちが御用提灯《ちょうちん》を掲げて待ち伏せていた。来た道を戻れば、円城寺たちが迫ってきている。慌てて裏路地に足を踏み入れたが幅が狭すぎて、荷物が壁に挟まり身動きできなくなった。

「あっ。いてて……いててて……助けてくれえ！　痛《いて》え、痛えよう！」

背骨が折れそうだと悲鳴をあげた行商人風に、追ってきた円城寺は鼻で笑った。

「ふん。馬鹿めが」

捕方まで現れ、刺股《さすまた》や突棒《つくぼう》などで牽制《けんせい》しながら引きずり出した男は三十絡み、いかにも情けない顔をしていた。

「か、勘弁してくれ……痛い、痛い……やめてくれよう」

「行商のふりをしているが、おまえは遊び人、焼津《やいづ》の半次《はんじ》だな」

「そ、そうだ。けど、俺は何もやっちゃいねえ。痛い、痛い」

「とっとと来やがれ」

半次は首根っこを摑まれ、円城寺に引きずられて近くの自身番に連れて行かれた。直ちに、円城寺は尋問を始めた。

「焼津の半次に間違いねえな」

円城寺が伝法な口調で問いかける。

「正直に言えば、おまえの賭博の罪は見過ごしてやらあ。それより田子作を匿っただろうが」

半次は驚いた目で見上げて、

「ど、どうして、そのことを……！」

と言いかけて口を塞いだ。

「蛇の道は蛇。元は遊び人だった岡っ引なんざ、江戸にはぞろぞろいるぜ。さあ、何処に匿った。賭博は侍でも死罪という厳しい罪だ。御定書《おさだめがき》の第五十五条を知ってるか」

「田子作なんて奴は、し、知りません……本当です、旦那」

円城寺は十手で半次の頭を小突きながら、

「その気になれば、この場でお仕置きだってできるのだ。どうせ他にも色々と悪さをしてるだろうしな。泣いてくれる親兄弟もいなさそうだしよ」

「お、脅かすのか、同心のくせによ！」

「殺されないだけマシだと思え。こっちは斬り捨て御免なんだ。てめえが田子作を手引きしたのは先刻承知なんだよ！」

円城寺の怒声を浴びせられて、度肝を抜かれた半次は、思わず平伏《ひれふ》して、

「すみません……奴には恩義があるんですッ。命の恩人なんです」

「命の恩人？」

「は、はい……若い頃、俺がならず者に殺されそうになったとき、奴はてめえが刺されながら、俺を助けてくれたんで……へえ」

「ほう。いい話じゃねえか。そんな立派な奴が、なんで島送りになるようなことをしでかしたのかねえ」

「それは……」

半次は喉に何かが詰まったように苦しそうになったが、意を決したように、

「そ、それは……俺たちが、とんでもねえものを見ちまったからです」

「とんでもねえもの？　なんでえ、それは」

気持ち悪くなって吐きそうな顔になった半次は、すがるように円城寺を見上げて、

「本当に見逃してくれるんでやすね」

「約束する。知ってることは、すっかり吐いちまいな」

「あれは奴が佐渡送りになる半月前のことだ……」

田子作と半次は、賭場で負けが込んだ夜、浅草浅草寺《せんそうじ》脇の裏路地にある居酒屋で、ク

ダを巻きながら飲んでいると、浪人がひとり近づいてきて、

「冴《さ》えないツラだな。どうせ博奕ですったんだろうが、金儲けなら、あるぞ」

と誘いをかけてきた。ふたりは半信半疑で、その侍に誘われるままに、ある屋敷に行った。根岸《ねぎし》のとある商家の寮だった。そこでは、句会と称して江戸で名のある商家の旦那衆が集まって、阿片を吸いながら女遊びをしていたのだった。

そのような場所がお上に目をつけられてしまっては、商家の旦那衆が捕まり、店は闕所《けっしょ》、一族郎党が離散することは火を見るよりも明らか。だから、バレないように見張りをしろ、というのが田子作と半次に課せられた仕事だった。月々、十両の報酬だというから、まずいこととは知りながら、見張り役を請け負ったが、それが罠《わな》だった。いきなり、南町奉行所の同心が乗り込んで来て、あっという間に田子作と半次が捕縛された。すぐさま、お白洲にかけられ、田子作は遠島となったという。

裁決をしたのは鳥居耀蔵である。もちろん、死罪と遠島は評定所で合議で決められ、老中の許可がいる。鳥居が上手く立ち廻った結果であろう。

「田子作は佐渡送りになった。だが、半次。どうして、おまえは江戸所払いで済んだ。それはどうしてだ？」

「あっしにも分かりません」

「おまえ……鳥居様と何か取り引きをしたな？」

「…………」

「それを喋れば、命を取られるのかい？」

「…………」

ぶるぶると震えはじめた半次は、何度も自分を納得させるように頷きながら、

「と、取り引きなんかじゃありやせん……お、俺は……兄弟みてえに育った田子作を……う、裏切ったんだ」

「裏切った？」

「奴は、阿片のことを素直に認めたけど……あっしは何も知らなかった。ただ、田子作に誘われて一緒に行っただけだって……」

「そう証言したところで、あの鳥居様が納得したとは思えねえがな」

半次は泣き出しそうな顔になって、

「すまない。田子作……」

と何度も言いながら、いつまでも涙を流していた。

ふいに立ち上がった円城寺は、裏路地に面している格子窓まで歩み寄って、いきなり開けた。すると、そこに人影が立っていたが、素早く逃げ去った。

「追え――」

円城寺が目配せをすると、岡っ引や番人らがすぐさま追いかけた。

五

山下《やました》御門内に水野忠邦の屋敷はある。長屋門の立派な屋敷で、江戸城本丸にいつでも駆けつけられる所にあった。水野は呼びつけた逢坂を、いきなり叱責するように、

「おまえは何を考えておる」

「は……なんのことでございましょうか」

「惚けるな。おまえは、ずっと、おりんの所に泊まり込んでおるそうじゃないか」

「はい。それは水野様のご命令で……」

「ふざけるな。無礼者ッ」

声を荒らげそうになって、懸命に我慢した水野だが鋭く睨みながら言った。

「ふりをしているだけでよいのだ。本当に親しくする必要はない」

「分かっております」

「ならば、どうして泊まらなければならぬのだ」

「──申し訳ありません……おりんさんに引き止められたものですから。それに……」

逢坂は、おりんが島帰りの男に狙われている節があると話そうとしたが、町方が探索中の案件である。相手が水野とはいえ、洩らしてよいものか迷った。

「言いたいことがあれば、話せばよい」

「では遠慮なく……食えぬ据膳を置かれて、私は、たまりません」

「なんだと」

「違います。冗談です……」

と逢坂はすぐさま、平謝りして、

「おりんさんは心底、水野様のことを信頼しております。私との仲を疑うことは、おりんさんを侮辱することになりませぬか」

「………」

「その一方で、水野様がおりんさんに惚れた訳が分かるような気がいたしました。お世辞でもなんでもなく、本心でそう思っています」

「……まあ、そう言うてくれるのは、ありがたいが、とんでもないことになりそうだ」

「はあ？」

水野はがっくりと肩を落として、

「今朝、上様に呼ばれてな……娘の八重《やえ》を一橋《ひとつばし》家にどうかと、縁談を持ちかけられた」

「それは、おめでとうございます」

「だが、上様は誰に聞いたのか、こうおっしゃったのだ。『誤魔化しても無駄だ。後で嘘がバレるよりも、今のうちに正直に述べておいた方がよいぞ。おりんという女のこともな』と」

女ひとりのことくらいで、大奥を持つ将軍があれこれ言うはずがない。他に他意があるに違いないと、水野は勘繰ったのだ。

――なんとも情けない姿。これでは、まるでバカ殿ではないか。

逢坂は思ったが口には出さず、

「きっと御庭番《おにわばん》などが調べたのでしょう。ならば、惚けても無駄でしょうから。下手に小細工をするより、素直にお認めになった方が宜しいかと存じます」

と進言したが、水野は項垂《うなだ》れて、

「それがな……おまえと同じ長屋に、古鷹与太郎……というのがおろう」

「え、あ、はあ……」

与太郎の名が出て吃驚したが、目付の速見内膳正とも繋がりがありそうだし、いつぞやは評定所に証人として出向いたようだ。身近にいながら正体不明のところもあるので、逢坂は黙って聞いていた。

「おりんのことを探っていたようだが、あやつは……儂とは犬猿の仲の老中・大久保讃岐守と通じている節があるのだ」

「ええ……!?」

「さもありなん。大久保讃岐守は小田原藩主。古鷹家は代々、その支藩である荻野山中藩の家老を務めておる。そして、今は江戸家老として、江戸におるのだ」

驚きのあまり逢坂は声が出なかった。だが、たしかに何処かの若様のような気はしていたから、驚きも半ばまでであった。

「もしかしたら、大久保讃岐守から上様の耳に、おりんのことが入ったやもしれぬのだ。大久保は俺の失脚を狙っておるからな。自分が老中首座に就きたいものだから」

「しかし、そんな程度のことで、老中職が揺らぎますか」

「ああ。いつの世もそんなものだ。政《まつりごと》とは足の引っ張り合いよ」

多少なりとも正義感のある逢坂は、なんとも言えぬ腹立たしさを感じた。

「だとしたら、どうなさいます。おりんさんとは別れますか？」

「まあ、そういうことになろうな」

老中という身分とはいえ、本気で惚れた女を容易に捨てられるとは逢坂には信じられなかった。

「ならば、水野様に申し上げます。おりんさんのことです」

「ん？」

「おりんさんは、ある男に狙われている節があります。これも今、お話に出た古鷹与太郎殿から聞いたことですから確かです」

「狙われてる？」

「詳しい事情は分かりません。ですが、おりんさんには以前、言い交わした男がいて、そいつが島送りになったとか」

「そのことなら……承知しておる」

肩透かしをくったように逢坂は、水野を見つめ返したが、

「元々、おりんが失意のどん底にあったときに、儂と知り合ったのだ。これは何の作為もない。本当にたまさか……おりんが永代橋から身投げをしようとしたところに、儂を乗せた駕籠《かご》が通りかかって助けたのが縁なのだ」

と水野は遠い目になった。

「そうでしたか……ならば余計、守ってあげたら如何ですか」

水野は我に返ったように、真剣なまなざしになって、

「さっき、狙われてると申したな。おりんが一体、誰に狙われていると……」

「それは、まだご存じないようですね。島送りになっていた、おりんさんと言い交わしていた男……田子作です」

佐渡から、何処をどうやって逃げ延びたのか分からぬが、昔の仲間の半次を頼って江戸に舞い戻ってきたことを話した。水野も俄には信じられなかったようだが、

「それにしても、どうして田子作が、おりんを恨まねばならないのだ」

「さあ……自分が佐渡島《さどがしま》で苦労をしていたのに、惚れ合っていたはずの女が、水野様の

ような偉い人の囲い者になって、ぬくぬくと暮らしているのが、許せなくて、嫉妬に燃えたのでしょう」

「いや、違うな。奴は……田子作はそんな男ではない」

「え……そいつのことを知ってるので？」

「人に利用されても、恨んだりするような奴ではないのだ。ああ、決してな……」

逢坂は意外そうな目になって、

「どうして、そこまでご存じなのです？」

「田子作は遊び人面はしているが、元々は菓子職人で……儂の屋敷にも時々、出入りしていた。真面目な奴だが、ちょっと気が弱いというか、人が良くて。何かを頼まれたら断れなくて、人のために一生懸命になってやろうとする。そんな奴だった」

「私みたいな人間なのですね」

「おまえのことは知らぬが、奴が阿片絡みで捕らえられたときには信じられなかったし……誰かに陥れられたのではないかとすら思った」

「…………」

「だが、鳥居が念入りに調べたところ証拠が揃ったので、評定所では佐渡送りと決まった……それゆえ、身投げをしようとした女を助けた後で、おりんが田子作と行く末を誓った女だと知ったときには、胸が痛んだ……これも仏縁だとな」

「それで面倒を見たのですか」

「初めは、妾《めかけ》にしようなどとは思ってなかった。養女にでもして、嫁に出してやってもよいと思っていたのだが……だが、儂も男だったというわけだ」

呆れて物が言えなかったが、逢坂とて分からぬではない。神社の境内で見かけただけで、胸に何かが突き刺さり、それからはずっとさざ波が揺れていたからだ。おりんと過ごしていると、心奪われても当たり前だろうと、逢坂は感じていた。

「されど、余計なことを考えている時ではありませぬ。いずれにせよ、おりんさんを守ってやらねばなりますまい、水野様」

「しかし、下手に関わると儂のことが公になり……まずい。これは、いかにもまずい。どうすればよいのじゃ」

「世間に知られているのとは違い、やはりバカ殿なのですね」

「なに……」

「この期に及んで自分勝手で、小心者だということです」

逢坂も歯に衣着せぬところがあるので、言ってからシマッタと思ったが、もう遅い。恐縮して俯いていると、水野は立ちあがって、しばらく部屋を歩き廻っていたが、

「やはり、おまえの妾のままにしておけ。ああ、それがよい。なんなら、おまえにくれてやってもよい。いやいや、おまえにやる。だから、今後の一切は、おまえの好きにせ

い。女房にでもせい。よいな」

「そんなこと……」

「さすれば、おまえの娘……加奈だったかのう、その愛娘《まなむすめ》にも良き縁談を見つけてやる。相手が旗本ならば、おぬしも燻《くすぶ》っておることなく、何か役職を得て才覚を発揮できるというものだ」

　適当に丸め込まれたが、鳥居を通して水野に推挙された訳が分かるような気がした。かような情けない姿を本当の家臣に見せるわけにはいかないであろう。

　水野のことを信じ切っているおりんのことが、逢坂は憐れに思えてきた。すぐにでも、おりんの元に行って、抱きしめてやりたい衝動に駆られた。

六

　向島の庵に帰って来た逢坂は、可哀想だとは思ったが、不実な水野の真意を話して聞かせた。だが、おりんはさほど気にしている様子はなく、微笑みさえ浮かべて、

「それはそうでしょう。水野様は天下国家を預かる御仁でございます。色々とお立場がございましょう。私は、命を助けて戴いた上に、こんな贅沢《ぜいたく》をさせてもらっております。心から感謝しております」

と有り難がるだけで、恨み言のひとつも言わなかった。

「どうして、そんなふうに思えるのだ。俺には到底、理解ができぬが」

「私は貧しい村で育ちましたが、おっ母さんにこんな話をされたことがあります……人は生まれながらにして何かを背負って生きている。だから、良いことも悪いこともすべて受け入れなければいけない」

「なるほど。そうかもしれぬな……」

「だから、良いことがあっても慢心をせず、悪くなったからといって意気消沈することなく、あるがままに生きていけと」

「あるがままに……」

逢坂は感心して聞いていたが、ならば、どうして、我が身を憐れんで身投げなどをしようとしたのかと尋ねた。

「それは……」

おりんはほんの少し間を置いてから、もう一度にっこりと微笑むと、

「田子作さんが佐渡送りになったからです。佐渡へ行けば、一生帰って来られません。それどころか、流された地で飢え死にする人も多いと聞いております」

「………」

「しかも、田子作さんは、おそらく陥れられて島送りになったんだと思います。だった

ら尚更《なおさら》でしょう。それでも文句を言う人ではありません。黙って受け入れるバカな人なんです」

「………」

「だったら、私も死のうと思いました。それだけです。田子作さんのことが好きだから……田子作さんがいなくなった……これだけは、母の話のように頑張っても乗り越えられないと思ったから……」

おりんの胸の動きが大きくなり、今にも泣き出しそうになった。

「ですから、私を恨んで殺しにくるなんてことは決してないと思います」

「心底、惚れてたんだな」

「──はい」

素直に答えたおりんを、淡い月光が照らしていた。

「田子作に会いたいか」

「そりゃ……会いたいです。会って……謝りたい」

「謝る？」

「こうして、ぬくぬくと生きていたことをです……あの人、最後の最後、唐丸籠《とうまるかご》に入れられるとき、こう言ったんです」

「ん？」

「東風《こち》吹かば、匂いおこせよ梅の花、主《あるじ》なしとて、春を忘るな……てね」

おりんは実にほのぼのとした笑みを浮かべながら、

「梅の香りとは恋しい人のこと。私のことを思っている恋歌なんです……田子作さんが、こんな美しい歌を作れる人とは、思ってもみませんでした」

逢坂はどう答えてよいか分からなかった。

――菅原道真の歌じゃないかよ。

とは言えなかったのである。

それにしても、いつも穏やかに浮かべている月のような笑みの下には、沢山の涙があって、深く辛い悲しみが隠れていたのだと思うと、なんとかしてやりたいという思いにもなった。

だが、情けだけで人を救うことなんぞできぬ。ましてや理由はどうであれ、島抜けをしたのが事実なら、捕まれば処分される。再び、おりんは悲惨な思いをしなければならないと考えると、あまりにも憐れになって、逢坂は思わずヒシと抱きしめた。

「おりん……」

「ああ、逢坂様……」

「俺なんか浪人者で、水野様と比べるのも憚られるが、それなりに武士として厳しい日々を過ごしてきて、自分なりの夢も抱いてきた」

「夢……どんな夢ですか？」

「ささやかな夢だ。好きな仕事をして、好きな人と一緒にいる……本当は天下だの政などを語ることのできぬ人間なのだ」

「………」

「しかしな、国が安泰で武士も百姓もない世の中ってのは、とどのつまりは、そういう夢が実るってことなんだなと、つくづく感じるようになった」

「そうですね」

「はは。実はな、これ……与太郎殿の受け売りだ」

「与太郎様の……」

「未《いま》だによく分からぬ御仁だが、水野様も畏れている節がある」

「えっ……？」

「だから俺もしばらく様子を見てみるが……それよりも、おりん……」

逢坂は心の奥底から、一気に溢《あふ》れ出てきた感情のままに、

「このままずっと、俺と一緒に暮らしてくれないか。一生、大切にする」

「でも、あなたには……」

「加奈も年頃だ。話せば分かってくれると思うのだ……日陰の女にしておくつもりはない。これからはふたりで楽しく……」

「逢坂様……」

「毎日、耳かきをして貰いたいのだ」

熱い思いが堰を切って氾濫しそうになったとき、裏庭の小屋の方でガタゴトと物音がした。秘め事を誰かに見られた気がした逢坂は、ハッと立ち上がって刀を摑み取ると、とっさに裸足《はだし》のまま庭に駆け下りた。

すると、蒼月の心細い光に浮かんだのは、青白い顔をした、ずぶ濡れの河童《かっぱ》だった。

「う、うわあッ！」

驚いた逢坂は足下の濡れた踏み石に滑って、無様にも尻餅をついてしまった。次の瞬間、ふわりと河童は宙を舞って、仰向《あおむ》けでじたばたしている逢坂の上に飛び降りて来て、冷たい銀色の爪を喉に突き立てようとした。

「おのれ妖怪！　成敗してくれる！」

逢坂は素早く抜刀し、まさに斬り払おうとした寸前、ギリギリで刀を止めた。

河童ではなく、よく見るとただの人間で、爪に見えたのは匕首だった。川にでも落ちたのか髷が崩れて、産毛だらけの月代が河童の頭に見えたのであろう。それでも不気味だった。

「だ、誰だ……」

「てめえだけは許せねえ。おりんを……おりんを玩具《おもちゃ》にしやがって」

と今にも手にしていた匕首で喉を突き抜こうとした。その時、

「やめてッ！　田子作さん！」

転がるように駆け下りてきたおりんが、河童にしがみついた。

「おりん……」

「田子作さん。無事だったのね、会いたかった……本当に会いたかった……！」

待ちわびたように河童にすがりつくおりんの姿は、まるで幼子だった。わあわあ泣き崩れて、見ている方が悲しくなるくらいだった。

「おい……おまえが、田子作か」

立ち上がった逢坂に敵意を剝《む》き出しにした田子作を、おりんはさらに抱きとめ、

「違うのよ、田子作さん……この人は違うの……関わりのない人なんだよ」

「関わりのない……」

たしかに、ただ耳かきをして貰っただけの仲かもしれない。が、あまりにも情けなくて、逢坂はガックリと肩を落とした。

「ふられたな、逢坂殿。まあ、女とはそんなものだろう、アハハ」

と言いながら、ぶらりと現れたのは与太郎だった。

「与太郎殿……！」

真剣な顔でゆっくりと近づきながら、与太郎は声をかけた。

「この辺りには、北町同心の円城寺さんや捕方がいるから、もう逃げられぬぞ」

田子作は匕首を振り廻して、少しばかり抵抗をしてみせたが、がっくりと地面に座り込んでしまった。まさに陸に上がった河童のように情けない顔で、与太郎を見上げ、

「俺はいいんだ。一目、おりんを見ることができたから……でも、こいつは関わりねえ。何のお咎めもねえよな」

「それは、おまえ次第だろうな」

と与太郎が言ったとき、さらにひとつの人影が闇の中から現れた。鳥居の密偵、松井である。必殺の構えで、すでに腰の刀の鯉口《こいぐち》を切っている。

「同心や捕方が囲んでるなんてのは嘘だ」

と不敵な面構えの松井が言った。

「田子作……佐渡島の荒海から逃げてきたとは大したものだ。しかも、江戸まで辿《たど》り着くとは悪運も強かったようだな」

アッと松井を凝視した田子作は、

「て、てめえは……！」

と凍りついたように動けなくなった。その田子作に向かって刀をぬいた松井は、

「おとなしく南町奉行所までついて来るのだ。でないと、おりんも始末せねばならぬ」

と迫った。田子作は松井の顔を凝然と見て、

「やはり……おまえは、あの時、居酒屋で俺と半次を誘った奴だな」

「さあ、どうだったかな」

「てめえッ。もう御免だ。俺は誰の言いなりにもならねえ」

と田子作は怒りに任せて匕首を握り直すと激しく振り廻してから、すぐ側にいるおりんの喉にあてがった。

「捕まりゃ、どうせ死罪だ。だったら、こいつを殺して俺も死ぬッ。遅まきながらの、ああッ、心中でえ！」

まるで見得を切るように、田子作は確たる信念を持って言ったように見えた。与太郎は「馬鹿な真似をするな」と止めようとしたが、弾みでおりんの喉を突かんとも限らぬと心配してとどまった。だが、松井の方は「殺せるものなら殺すがよい」と強気の姿勢で、刀の切っ先を向けて田子作の方へ歩み寄ろうとした。

その前にズイと出た与太郎は、両手を広げて、

「おいおい。そんなことして、本当に刺したらどうするのだ」

「どうせ死にたがっておるではないか」

松井が冷淡に答えたので、与太郎の表情が少しばかり強張って、

「そりゃ本気かい……だとしたら、おまえはただの人殺しだ。この俺が成敗してやるから、かかって来い」

と低い声で凄んでみせた。その変貌に、逢坂も驚いて加勢するように身構えた。わずかに身を引いた松井はニヤリと笑い、

「島抜けの咎人を庇うか。そういう奴は斬っても構わぬと、鳥居様から命令が下っておるのでな。覚悟せい！」

自分で暴露してから、間髪容《い》れず斬り込んで来た。与太郎は小太刀を抜き払うなり、ガツンと相手の刀を弾《はじ》き上げた。目にも止まらぬ速さで、与太郎は小太刀の柄《つか》で松井の鳩尾《みぞおち》を突くと、松井はその場に崩れた。ほんの一瞬のことだった。

田子作を振り向いた与太郎は、穏やかな目に変わり、

「鳥居様は、おまえにあらぬ罪をなすりつけて佐渡送りにしたようだが……己が身の上に起こった真実を、もう一度、お白洲にて話すことができるか？」

「どうする、田子作……」

と声をかけたのは逢坂だった。

「おりんは今、おまえに殺されてもいいと思っている。一緒に死ぬつもりだ。一度は死ぬ決心をして、身投げまでしようとしたのだからな」

「えっ……本当かい？」

田子作が肩を摑んだまま見つめると、おりんは小さく頷いて、覚悟を決めたように目を閉じた。そんなふたりを、月明かりが照らし続けている。

「——東風吹かば、匂いおこせよ梅の花……」

優しい声で逢坂が呟くと、田子作の手から、ぽとりと匕首が落ちた。

七

「まずいではないか、松井……」

鳥居は苦々しく唇を噛むと、脇息《きようそく》を投げつけた。その角が松井の額に命中して、じんわりと血が流れてきた。

「そんなことで、よくも儂の前に顔を出せるな」

「申し訳ありませぬ」

「謝って済むか。これで、遠山は評定所にて、儂を厳しく責めてこよう。だから儂は、あのようなつまらぬ〝阿片の句会〟になんぞ関わるなと言っておったのだ」

「はあ？　そんなこと初めて聞きましたが……」

「わずかばかりの賄賂が届くからと、見逃していた儂が甘かった」

「申し訳ありませぬ……」

「その言葉はもう聞いた。おまえには暇《いとま》をやる。二度と儂の前に顔を出すな」

「お、お奉行……」

「まこと、申し訳ないと思うなら腹を切れ」

松井は一文字に口を結ぶと、カッと目を見開いて鳥居を睨むように見て、

「お奉行……私は常に忠犬に徹してきました。善悪など考えもしませんでした。その気持ちは今も変わりませぬ。お奉行が傷つくようなことは決して致しませぬ。御免」

そう言うと廊下に出て、そのまま立ち去ったが、しばらくすると、

「うがっ！」

という悲鳴のような、だが、くぐもった声が聞こえた。

すぐさま立ち上がって廊下に出ると、中庭で切腹して果てている松井の死体があった。前のめりに倒れており、その口は詰め込んだ手拭いをしっかりと噛んでいた。

それを凝視していた鳥居は鼻白んだ顔になって、

「馬鹿者めが。面当てか、奉行所内の役宅で切腹とは、余計、何事かと世間が怪しむではないか。愚か者め……誰かおらんか！　誰か！」

と苛ついて怒鳴った。

この噂が流れぬよう鳥居は箝口令《かんこうれい》を敷いたが、衝撃的な事件だけに洩れるのは当然であった。

定例の評定所会議に出向いた折、遠山左衛門尉景元も来ていたが、特段、切腹については触れず、〝島抜け田子作〟の一件について、評議することとなった。

この日は、他に幾つかの死罪を決する裁判があるので、三奉行の他に、大目付、目付の五掛かりでの評定だ。もちろん、目付頭の速見内膳正もいる。

死刑には、ただ斬首にする〝下手人〟、斬首の後に様斬《ためしぎ》りにする〝死罪〟、斬首後に二夜三日晒す〝獄門〟、さらに〝引き廻しの上、獄門〟や〝磔《はりつけ》〟などがある。罪の重さによって変わるのだ。

評定の間に隣接している控えの間には、円城寺たちや、寺社奉行から出向して来ている吟味物調役などが、数人、立ち会っている。事件探索のことは元より、判例や事実確認に関して意見を求められることもあるから、同心でありながら控え室に呼ばれている円城寺は緊張をしていた。

「では、よろしいかな、御一同……」

議事進行は、三奉行の誰かが持ち廻りでやることになるが、今日は遠山であった。

「島抜けは、牢破りも同然で、死罪が判例であった」

遠島は終身刑であり、大赦が出ない限り、二度と戻ることはできない。だが、労役があるわけではなく、島に捨てられるだけのことだが、佐渡島では住人とうまく共同生活をして、日常の中で更生する者が多かった。ゆえに、自分の運命だと気持ちを切り替え、島の女と結婚して、余生を過ごすことができたのである。

「田子作が何故、島抜けを試みたかというと……」

と遠山が話そうとすると、鳥居がさりげなく牽制して止めた。

「理由など、聞く必要はないと存ずるが」

「はて……何故でござる」

「遠山殿は、牢抜けした者に一々、理由を聞かれるのか？　聞いて得心すれば、牢抜けを認めてやるのですかな？」

「時と場合によります」

「だが、牢抜けは、それだけでも重大な罪。島抜けならば、もっと重い罪になりましょう。本来なら死罪のところ、公儀の情けで罪一等減じられたにも拘わらず、それを不服として逃げ出すとは、もはや同情の余地はありますまい」

物静かだが、一言一言、嚙みしめるような口調で、鳥居は同意を求めて、他の面々に語りかけた。だが、勘定奉行や寺社奉行は軽々に判断せず、

「折角、遠山殿が調べたのだから、訳だけでも聞こう」

という意見が出た。それが裁判のあるべき姿というもの。一方的に断罪するのであれば評定所など不要で、将軍ひとりが決めればよいことになる。

「では、ご賛同を得たゆえ、簡単に述べます」

遠山は一同に会釈をして続けた。

「佐渡島に、田子作が流された、わずか二月程後に、別の船で来た流人の中に、〝阿片

の句会〟に参加していた者がいてな……もっとも、こいつは別件で捕まったのだが、そいつから、田子作は罠に陥れられたと知ったのです」

「阿片の句会？　なんですかな、それは」

と勘定奉行が問いかけると、遠山は控えの間にいる円城寺に説明するよう命じた。

「ハハッ――」

隣室に控えたまま、少しだけ膝を進めた円城寺は、三奉行と大目付らに深々と頭を下げると、分厚く綴《つづ》った文を取り出して、

「ここに、〝阿片の句会〟について、詳細な様子を綴った日誌があります。阿片を吸いながら、その眠りの中にいるような感性のままに、発句をするという趣向の寄合で、一部の町衆、旦那衆の間で行われていたようですが……つまりは、隠れて阿片を吸っているだけです」

「御法度であるな」

目付頭の速見が言うと、円城寺は頷いて、

「阿片を吸うことはもとより罪なので、町方にて、この句会に集まった者は悉《ことごと》く縛られたはずですが、御公儀として対処せねばならぬのは、この御禁制の品がどうやって、どこから江戸に運ばれていたかということです」

「分かったのか」

とさらに聞いた目付頭に、円城寺は首を横に振って、

「それは、今後、南北の奉行所にて鋭意、探索がなされることと存じます。私がこの場で述べたいのは、田子作のことでございます。よろしいでしょうか」

「続けよ」

遠山に促されて、円城寺は続けた。

「北町奉行所にて〝島抜け田子作〟を捕らえて調べたところ、〝阿片の句会〟の主宰者にされていたとのことでした。それゆえ、遠島にされたのですが、本当の主宰者は……後で別件で島送りになった商人の話によると……鳥居様の御家臣であり、その息がかかった商人たちが、売買に荷担していたのを見逃していた……ということが分かりました」

「…………」

鳥居は取り立てて慌てもせず、円城寺の話を平然と聞いていた。

「つまり、田子作は、自分を罪に陥れた奴が、自分を裁いたと思った。さらに、行く末を誓っていた愛《いと》しい女が、他の男……あえて誰とは申しませぬが……囲われているということも聞くと、居ても立ってもいられなくなり、あらゆる手を尽くして抜け出したということです」

「要するに、田子作は、佐渡送りになるほどの罪は犯してはおらぬ、というのだな？」

「おっしゃるとおりでございます」

円城寺が元の座に引き下がると、評定所内に沈黙が流れたが、それを破るように鳥居が口を開いた。

「私の名が出たので申すが、一体誰なのですかな？　私の家臣の誰が、阿片を扱っていたと言うのだ」

と円城寺を見やると、すぐさま答えが返ってきた。

「松井岩之介《いわのすけ》にございます」

「たしかに、その者はいたが……」

「いた？」

「ああ。私が南町奉行職に就いた頃に、辞めておる。不行跡を重ねていたのでな……まさか、阿片まで扱っていたとは、驚くばかりだが……これも私の不明……不徳といたすところです」

そう述べて頭を下げた。

「それは、あなたが隠密として使うために、わざと暇を与えたと聞きましたが」

遠山が重ねてそう尋ねたが、感情を隠したまま、鳥居は淡々と答えた。

「さようなことはない。先日、南町奉行所にて松井は切腹したが、私が暇をやったことへの腹いせでした。遠山殿……」

鳥居はいやらしいほど目を細めて、

「田子作を捕らえたとき、逢坂錦兵衛と古鷹与太郎なる者がいたそうですが、いずれも遠山殿と昵懇の浪人者でござるな」

「……………」

「しかも、水野様が囲っていた女の庵で……」

それ以上、鳥居は言わず、あからさまに水野に迷惑がかかってよいのかという顔で、一同を見廻しながら、

「――田子作とやらが、重罪でもないのに誤って私が遠島にしたと言われるが、その折、今、ここにいる同じ面々で、死罪か遠島かと評定したのではありませぬか。私ひとりで決められる事案ではありませぬが？」

大目付も目付たちも、思わず目を伏せた。評定の誤謬《ごびゅう》を指摘されたからではない。やはり、老中首座の水野忠邦と強い絆《きずな》で通じている鳥居という大きな存在に、尻込みしたのである。

「百もご承知のとおり、死罪と遠島については、評定所の裁決が必要。さらに老中、そして上様の裁可がいるのです。私一人が悪いのならば、この場で腹を切って進ぜましょう。さあ、御一同の意見や如何《いか》に」

ギョロリと向いた黒い目は、底光りして、この世のものとは思えなかった。さすがは、

妖怪と呼ばれた男である。相手が誰であれ、飲み込んでしまう静かなる激しさがあった。

だが、遠山はにっこりと笑って、

「さよう。鳥居殿の言うとおり、あなたひとりのせいにするつもりはない。田子作を流罪にしたのは、私も含めて、ここにおられる一同の過ちであった。ならば……田子作の遠島は改めて却下し、素直に謝罪し、その代償として、島抜けの罪は問わぬことで如何ですかな？」

「………」

「さすれば、水野様の向島の庵のことも、公になることもありますまい」

遠山のわざとらしい提案に、鳥居が奥歯を噛みしめているのがよく分かった。だが、勘定奉行や寺社奉行らは異論はないと頷いた。鳥居も同意するしかなかった。

「では、此度のことは、評定所の意見を受けて、北町の牢に留め置いている田子作には、私から言い渡します」

毅然《きぜん》と言ってのけた遠山を、苦々しい顔の鳥居は睨み続けていた。

八

数日後、三囲稲荷社には、並んで柏手を打つ田子作とおりんの姿があった。夏祭りで賑わう参拝客の中にあって、特に目立つふたりではなかったが、遠目に見ている与太郎とお蝶には感慨深いものがあった。

「これで、おりんさんの花が咲いた。幸せになってくれたらいいですねえ」

お蝶は付かず離れず横にいる与太郎に微笑みかけた。

「ああ。〝執念、鬼に勝る〟ってやつだな」

「なんですか、それは」

「爺っ様がよく言ってた。意味は推して測れだ。此度は、ご苦労であったな、お蝶……」

「え……？」

「陰ながら色々な探索をして支えてくれた。このとおりだ。礼を言うぞ」

「あら、珍しいこともありますね。だったら、もう少し大切にして下さいませぬか。加奈さんのことばかりを考えずに」

「いや、俺は別に……」

「照れなくてもようございますよ。あのまま逢坂様が、おりんに入れあげていたら、加奈さんとの父娘の絆が弱まる……そう考えてのことでございましょ」

すべてを見抜いていたかのように、お蝶は与太郎を見上げた。

「いや、此度は円城寺の旦那が珍しく頑張ったから、すべて丸く収まったのであろう」

「いいえ。評定所で話したことは、すべて与太郎様が指南し、すべて書いて渡したのは私も存じております。その文に、遠山様も感心して上手く裁くことができたのでしょう」

「さあ、どうだかな」

与太郎は自分は何もしてないという顔で、境内から出て隅田川の土手の方に、ぶらぶらと歩き出した。手柄などの自慢話はしない気質を知っているから、お蝶もそれ以上は言わなかった。

「でも、水野様が庵を、そのままおりんさんに下さったのは、やはり未練があるからではないでしょうか」

「さあ、どうだかな」

「なんです、同じ返事ばかりで」

「水野様はもしかして、佐渡奉行にでも命じて、田子作が逃げられるように手配りしたのではないのかな……そんな気もしてきた。でないと、あの荒海の孤島から逃げ出すことなんかできないだろう」

「おや、与太郎様は佐渡に行ったことがおありで？」

「俺はガキの頃から箱根の山猿だ。ついこの前まで海を見たことがなかったよ」

「ですよね。なのになぜ……」

「荒海だって知ってるかって？　それは爺っ様から聞いてる。色々な偉い人が時の為政者の思惑で流された所だ。爺っ様も若いときに流されたらしい」

「えっ。本当ですか」

「本当かどうかは知らぬがな、法螺話《ほらばなし》の多い爺っ様だったから」

「――まったく……」

「はは。とにかく、田子作は江戸に戻ることができた。おりんと再会することができた。これからは、また美味い菓子を作って、水野様のお屋敷に届けるかもしれぬな」

与太郎が嬉しそうに笑うと、お蝶も納得したように頷いて、

「人生を仕切り直せたのですね……いいなあ。私も与太郎様と違う人生を一緒に過ごせたらいいのに……」

「………」

「黙らないで下さいよ」

お蝶はしばらく与太郎を見つめていたが、ニコリと笑いかけて、

「実は評定の後、水野様はひとりで、庵を密《ひそ》かに訪ねているのです」

「そうなのか……」

「ええ。そのとき、おりんさんは『御前様には深く感謝しております。あなた様がいなければ、私はそれこそ死んでいたかもしれませんし、生きていたとしても苦界に身を沈めることになっていたかもしれません……ですが、田子作さんが、私に会いたい一心で

命からがら会いに来てくれた。その思いを知っただけで、一緒に生きていける』と話してました」

「おまえ、覗いていたのか」

「密偵ですから……でね、『これからは、ふたりで一生懸命生きていきます』って誓ってましたよ。ええ……おりんさんの顔を見て、水野様は嬉しいような寂しいような顔で黙って聞いてました」

「そうか。それは良かった、良かった」

与太郎が満足そうに笑うと、隅田川の土手道で釣りをしている逢坂の姿が見えた。もっとも、釣りには集中しておらず、ぼんやり座っているだけであった。与太郎とお蝶が近づいても、気づきすらしなかった。

「白魚でも釣ってるのかな」

ふいに与太郎に声をかけられて、逢坂は振り返ったが、

「なんだ……あんたらか……」

と呟いただけで、表情は暗く重かった。

「日本橋からこんな所まで出向いてきてるってことは、まだおりんに未練があるということかな。まさか、水野様の命令で見張っているとか警護してるとか、言い出すんじゃないだろうね」

　そう与太郎が半ばからかうように言っても、まるで魂が抜けたように、溜息をついて釣り糸を垂れているだけだった。

「俺が酒を飲めたら、夜通しでも付き合うのだがな」

「………」

「また、くそ暑いのに鍋でもつつきながら汗を掻くなら、つきあってもいいぞ」

「うるさいな」

　逢坂はいつになく不機嫌な口調で、

「俺はあんたという男を勘違いしていたよ。純心で裏表がなく、持って生まれた屈託のない気質で、少々傍迷惑でも自分が痛い目に遭ってまでも人助けをする」

「そんな褒められるような人間じゃないよ」

「褒めてなんかおらぬ。大嘘つきで、腹の中では人を小馬鹿にし、弱い者を助けたと自己満足するだけではなく、他人の人生にまで踏み込んでしまう……とんでもない食わせ物だってことだよ」

　まるで言いがかりのような口調に、お蝶が思わず、

「いいえ、そんなことはありませんよ。与太郎様は武士とか商人とか、善人とか罪人とかにすら分け隔て無く……」

と言いかけると、逢坂は釣《つ》り竿《ざお》を川に投げ捨てて立ちあがった。

「おまえだって、なにが妹だ」

「え……?」

「殿様と密偵が仲良く庶民ごっこか」

「………」

「その若さで、荻野山中藩の江戸家老とは知らなかった。小藩とはいえ、背後には小田原藩という大藩で、しかも老中職にある大久保讃岐守がいる。此度の騒動も、大久保様の命令で、水野様の弱味を探すために探索しておったのであろう。だから、おりんに近づいてきた」

「いや、それは違う……」

与太郎は答えてから、首を横に振りながら、

「あ、いや、俺はたしかに荻野山中藩の江戸家老だが、これには色々と訳があって、無理矢理据えられているだけだ」

「ならば、なぜ隠しておった」

「聞かれもしないことを、こっちから話すのもな……それに、本当に俺は箱根の山猿なので、武家暮らしは窮屈極まりなく、鹿野《かの》や猪股《いのまた》という家臣に公事は任せているだけだ」

「それはそれは、お気楽なご身分で……」

逢坂はチラリとお蝶を見て、

「たしかに可愛らしい女だ。実は、おまえたちが来るのは見えていたが、なかなか似合いの夫婦のようだった」

「そんな……」

思わずお蝶が照れると、逢坂は少し声を強めて、

「加奈の気持ちも弄んでいたのだな、与太郎殿は……いえ、江戸家老様は」

「いや、それは勘違いだ」

「ああ、加奈は大きな勘違いをしてたようだ」

「そういう意味ではなくてだな……」

「とにかく、二度と加奈に思わせぶりな態度はしないでくれ。あいつは本気で、おぬしに惚れていて、父親の俺にすら恥ずかしげもなく、思いを語るときもあった」

逢坂は娘思いなのであろう、寂しそうな笑みを浮かべながら、

「万が一、俺がおりんと一緒になることができたら、加奈はもう何の心配もなく、与太郎殿に嫁がせることもできるかなと考えていた。浪人暮らしとはいえ、おぬしはまだ若い。先々があって、何とかなる……そんなふうに考えていたが、まさにひとり相撲……ふふ、俺も見くびられたものだ」

と自虐めいて言った。

「そんなふうに思わせてしまったのなら、俺が悪い。このとおりだ、謝る」

与太郎は素直に頭を下げた。だが、逢坂は鼻白んだ顔で、

「そうやって、また適当にやり過ごすのか。別に謝らなくて結構。俺に人を見る目がなかっただけのことだ」

「…………」

「悪いが、長屋から出て行ってくれぬか。さすれば、加奈も諦めがつこう。長屋の連中も、おぬし……いや御貴殿のことを、人柄はいいが軽んじていたから、本当のご身分を知ると、畏れ入るであろう」

「済まぬ。俺は、〝おたふく長屋〟の面々が好きなのだ」

「そういうところが迷惑なのだ。住む世界が違うのだから、御貴殿は御貴殿に相応しい所で人助けをしていくがよろしかろう。たとえば暮らしに苦しむ領民とかにな。御免」

逢坂は言いたいことだけを言うと、ふたりに背中を向けて立ち去った。

与太郎とお蝶は無言で見送っていたが、ふたりは同時に深い溜息をついた。

その翌朝——。
いつもの与太郎の大鼾が聞こえないので、〝おたふく長屋〟の面々はぐっすり眠れた。だが逆に気になって、隣室の加奈は起きてきて表戸越しに耳を澄ませた。

気づいて後を追って出てきた逢坂が、

「何をしておる、加奈……みっともない真似はよしなさい」

「まさか。夜這いじゃありませんよ」

「だ、誰もそんなことを言っておらぬ。そうじゃなくても、はしたないこと……」

「でも気になります。いつもの鼾が聞こえないと。順庵先生も体の何処かが悪いのかもしれないと話していたじゃないの」

加奈は心配そうな顔になったが、逢坂は仕方がないというふうに、

「鼾が聞こえるわけがない。与太郎殿は昨日、出て行った」

「え。出て行った……長屋から？」

「そうだ。色々と訳があってな……だから、おまえにも別れを告げず、ひっそりと旅立ったのだ。だから、もう諦めろ」

「諦めろって……」

困惑して加奈が表戸を叩いたが、何も返事はない。愁いを帯びた顔になった加奈は、唇をギュッと嚙んで、

「訳がおありでしたら、一言くらい話してくれたって……」

よさそうなものをと呟いたが、逢坂は「そういう男なのだ」とぞんざいに返した。

「そんな男って……」

「奴はおまえに惚れてなんかおらぬ」

「分かってます。でも……」

「娘が苦しむ姿はもう見たくない。この長屋に来ていた、あのお蝶という女は……あの女は……与太郎殿の妹ではない」

「え……ええ！」

「そういえば分かるであろう。おまえの気持ちを弄んでいたのだ。辛いだろうが諦めろ。世の中、いい男は幾らでもいる」

そんな話をしていると、いつものようにぞろぞろと長屋のおかみさんが出てきて、朝餉の仕度を始め、松吉や亀助、弥七たちも起きてきて仕事に出かける準備などをし始めた。

「ふああ……今日はよく眠れた。あの地獄のような鼾がないと、やはり幸せな朝を迎えることができるな。なあ、みんな」

松吉が背伸びをしながら爽やかに笑いかけると、亀助たちも上機嫌で顔を洗ったり、歯を磨いたりした。

「どうしたんだい、加奈さん、暗い顔をして。鼾がなかったから却って心配で寂しくて眠れなかったりして、うふふ」

からかうように松吉の女房の小梅が言うと、亀助の女房のお鶴も笑って、

「でも、良かったじゃないか、お父上はちゃんと帰ってきたんだから」

「えっ……？」

不思議そうに見やる加奈に、お鶴は当然のように言った。

「だって、向島の庵に若い女を囲ってたんだってね」

「――え……ええ？」

「まあ、逢坂の旦那もよく見りゃ、なかなかのいい男で、中年男としての魅力もある。ヤットウの腕前も凄いらしいし、だから奉行所どころか、水野様にもお仕えしてるんだってねえ。良かったじゃないのさ」

お鶴が滔々《とうとう》と話すと、小梅も米を研ぎながら、

「そうなりゃ、こんな長屋なんざオサラバ。蝦蟇の膏売りもしなくていい。ねえ、加奈さんのために頑張らなきゃ。向島の女なんかと別れたのは正しい判断ですよ、逢坂様」

と大笑いした。

加奈は訳が分からず、どういうことかと訊こうとしたが、逢坂は思わず、

「誰から、そんなことを聞いたのだ。与太郎殿か」

「いいえ、円城寺の旦那だよ。あの人、自分の手柄話も色々としてたよ。並み居る奉行や大目付を説得して、無実の男を助けて惚れた女と一緒にしてやったって」

「………」

「その女に、旦那は岡惚れしてたんだってね。アハハ……振られたからって、めげるようなお人じゃないでしょ。だって、旦那、本当は『蒼月』の女将さんが大好きだもんね。そうでしょ。さあさあ、今日も元気に働かなくちゃ。さあさあ……」

と言ったとき、グガガガ、ガガガガ、ゴゴゴゴウ――と物凄い鼾がした。もちろん与太郎の部屋の中からだ。

「おや……ちょいと時刻がズレたようだね」

小梅が言うと、順庵が部屋から出てきて、

「そうだな。ちょっと遅すぎたな……もう少し鼾薬を調節して、夜明け丁度、くらいにしてみよう。おいおい、与太郎さんや、まだ寝てるのかね」

と表戸を叩くと、鼾が止まって、しばらくすると与太郎が顔を出した。

「おお……みんな早起きだな」

「与太郎さんが遅いんだよ。でも、まあ、夜明け前に叩き起こされるよりはマシだな。でも、少しずつ改善していこう」

安心したように順庵は与太郎の胸を叩いてから部屋に戻った。

まじまじと見ていた逢坂は不愉快な顔で、

「――出ていったのではないのか」

と言ったが、

「いや。屋敷に帰ったのだがな、真夜中になって気がついたら、ここで寝てた。そしたら順庵先生が鼾に効く薬を処方してくれてな」

「みんなに本当のことを話したらどうだ」

「ああ、みんな知ってるよ。大家のお恵から伝えて貰った。だが、誰も信じてくれぬ」

「………」

「まあ、おいおい、納得して貰うよ。それより、逢坂殿。良かったら、俺の代わりと言ってはなんだが、うちの江戸屋敷に住まぬか。なに、おぬしから水野様に、奉公を続けるのを断ったと聞いたのでな」

「地獄耳だな……」

「うちの家臣にしてもいいけど、それではおぬしの誇りが許すまい。でもまあ、お試しということで、どうかな」

「断る」

キッパリと言った逢坂に、与太郎は理由を尋ねたが、

「情けは無用。言っておくがな……加奈には絶対に手を出すな。よいな！」

と吐き捨てて部屋に戻った。

長屋の連中が並んで様子を見ていたが、

「アハハ。向島の妾騒動がばれて、バツが悪いのかな。でも、まあ、喧嘩するのは仲良

しの証拠だから。ああ、忙し、忙し……」

などと自分の一日に取りかかる。

加奈は恥ずかしそうな表情ながら、言葉もなく一礼だけして、父を追って部屋に戻るのであった。

「そんなに俺が迷惑かな……ま、いいか……」

今日も暑くなりそうな空に向かって、与太郎は柏手を打つのであった。

第四話

勘違いだらけ

一

武家屋敷や商家の庭には、樹木や草花が植えられているが、それは観賞をするためである。江戸の町通りや路地、橋や河岸などは殺風景なので、箱根の山で育った与太郎には物足りないときもあった。

今の時節ならば、花菖蒲《はなしょうぶ》に百合《ゆり》、紫陽花《あじさい》などが咲いているはずだが、見渡す限り白壁や黒塀ばかりである。海風が心地よく、遥か遠くに富士山や房総《ぼうそう》の峰々は見渡せるが、やはり草花がないと落ち着かなかった。

だが、今日ばかりは、与太郎は脇目もふらずに急ぎ足で歩いていた。なぜか米問屋『丹波屋』の印半纏を着ている。時折、駆け出すこともあったが、背負っている大きな風呂敷が重いのか、しばらく歩いてふうっと大きな息をついてはまた駆け出した。実は江戸府内は、走ることは飛脚以外、原則として禁止されている。ぶつかって怪我をするという理由もあるが、武士は歩行が基本なので、その遠慮もある。

いずれにせよ、町中を突っ走るというのは尋常なことではなかった。しかも与太郎は一応、侍でありながら着物の裾を巻き上げ、帯に挟んで急いでいる。

風呂敷包みの中には、実は――千両もの金が入っている。今の重さなら十数キロもある。千両箱に入れてないのは少しでも軽くするためであった。

時折、昨夜降った雨の名残である水溜まりを跳ねながら、黙々とひたすら走り続けていた。たまにぶつかりそうになると、「どけどけい！　危ないぞ、ほら！」と大声を上げたが、まさしく与太郎が江戸に来た当初、見かけた光景を自分がつくっていた。

与太郎は行く手を凝視して、周りのことなど一切目に入っていないようだが、行商人や飛脚、荷車を牽く人足などをひょいひょいと軽やかに避けている。まだ若く、箱根の山で鍛えた足腰だから素早いものだった。

だが、その顔は切羽詰まっている。日本橋から愛宕《あたご》神社の鳥居まで駆けて来ると、さすがに息が乱れていた。その階段を見上げて、

「え……ええ……！　この上までかよッ……」

と凝然となった。

鳥居の先には、胸を突くような急坂の石段が、天に向かって伸びている。さすがは江戸で一番、高い山である。両側は深い木立に覆われているが、首が折れるほど見上げていると、一気に疲れが出てきた。

階段の数は八十六段と聞いていたが、与太郎にとっては〝ケンケン〟で登れる程度の

ものである。だが、今は小さな子供くらいの荷物を背負っているから、少しばかり躊躇《ためら》った。しかし、大きく息を吸うと駆け登り始めた。

ちなみに、この急な上がり段は出世の石段と呼ばれている。

愛宕神社は、江戸で最も高い愛宕山の山頂にあり、火産霊命《ほむすびのみこと》などが祀られている。慶《けい》長《ちょう》年間、徳川家康が創建した所だ。ここで、三代将軍の家光《いえみつ》が、山上にある美しい梅の花を見て、

「誰ぞ、あの花を馬に乗って取ってこい」

と命じた。あまりの急勾配の石段なので、馬も登ろうとしない。そんな中で、曲垣平《まがきへい》九郎《くろう》という者が、馬に跨って取ってきたのだ。それで日本一の馬術名人として知られることとなった。ゆえに、出世の石段だ。

「よし……見てろよッ」

両頰を叩いて気合いを入れ直した与太郎は、猛然と急勾配の石段を駆け登り始めた。参拝に訪れている善男善女もいたが、もしぶつかったら転落してしまうから、恐々とした目で見ていた。

「ごめんよ、ごめんよ」

謝りながら与太郎は一気に駆け登り、上の鳥居を潜って境内に入り、雰囲気のある本殿に向かって転がるように走った。石畳から本殿に掛かる階《きざはし》を上がると、大きな鈴の

下に賽銭箱がある。それと本殿の間にある隙間に手を伸ばすと袱紗があって、引きずり出して開いた。

そこには、几帳面《きちようめん》な文字で、

『次は目黒《めぐろ》不動尊まで行け。但し七つ（午後四時頃）までに着かなければ取り引きは終わりだ』

とだけ記されてあった。

「七つだと……ふざけるな……あと四半刻《しはんとき》（約三十分）もないじゃねえか」

与太郎は文を破り捨てたくなったが、拐《かどわ》かし一味の手がかりとなるであろうから懐に仕舞うと、すぐさま鳥居に戻って、今度は猿が飛ぶように軽々と下った。

「なんだ、これくらい。箱根のお山から川まで、毎日、登り下りしていたのに比べれば屁《へ》の河童だぞ」

とはいえ、転んで怪我をして行けなくなったら元も子もない。まだまだ余力はある。慎重にやろうと背中の千両の重みを感じていた。

事件の発端は、わずか一刻ほど前のことである。

日本橋の米問屋『丹波屋』に投げ文があった。それには、

──『丹波屋』の主人・六右衛門のひとり娘、美代を預かった。身代金《みのしろきん》は千両。

とだけ書かれてあった。そして、お上に報せれば娘の命はないとある。

しかし、『丹波屋』には娘はいない。誰からも馬鹿息子と呼ばれている跡取りの八十《や そ》助《すけ》だけである。六右衛門が大好きな歌舞伎役者由来の名前である。

「何処か他の店と間違えたのではないのかな」

と六右衛門は思ったが、悪戯《いたずら》とも思えず、まずはたまたま来た北町の円城寺左門に相談した。そして、

「間違ったのなら知らぬ顔をしとけ。何かあったら、俺たちが動く」

という助言に従おうとした。

だが、裏店に住んでいる左官・亀助の娘が美代だと、六右衛門は思い出して、一応、調べてみた。まだ七歳だが、よく店にも出入りしていたからである。

すると、美代は昼餉を済ませてから、絵の習い事に出かけて、まだ帰っていないという。そのやりとりを見ていた与太郎が、二町程離れている絵の師匠を訪ねると、今日は来ていないとのことだった。

すわっ、美代が拐かされた！——と長屋の連中は大騒ぎとなった。

「美代を『丹波屋』の娘と勘違いして、人質にしたのかもしれないが、拐かしは本当のことに違いあるまい」

与太郎も心配になって、『丹波屋』にて待機していた。すると、半刻もしないうちに、また投げ文がされた。その文には、

――すぐさま愛宕神社まで、千両を店の者に運ばせろ。駕籠や大八車は使わず、分かりやすく店の半纏を身につけろ。本殿の賽銭箱の裏に置いてある袱紗を見よ。四半刻後に現れなければ娘の命はない。

と達筆で書かれてあった。

思わず店の外に出て、与太郎と六右衛門は周辺を見廻した。だが、誰もいない。顔見知りの辻駕籠人足がいたので、六右衛門が声をかけた。

「今、投げ文をした奴をみなかったか」

「へ……？」

「誰か妙な輩はいなかったか」

「分かりません。こんなに大勢の往来なんで……何かありやしたか」

「いや、なんでもない……」

苛立ちが沸き起こってきた六右衛門は店に戻るなり、与太郎に向かって、

「こうなりゃ千両払ってやる。与太郎さん、頼みましたよ」

と大きな声で言った。

傍らで聞いていた八十助は、よろよろと立ちあがると、

「親父ぃ……人の良いのも大概にしろよ。そんなことのために千両も使うなら、俺にくれよ。なあ親父ぃ……」

「そんなことだと！　店子は自分の子も同然ではないか、馬鹿」

「馬鹿とは言われ慣れてるけどよ、千両も払うのはもっと馬鹿じゃねえの」

「うるさい。おまえは引っ込んでおれ」

事情を承知した与太郎はすぐさま、千両の入った風呂敷を背負って、四半刻の間に愛宕神社まで行くと決心したのだった。

むろん、お蝶には密かに先廻りして愛宕神社を探れと命じていた。

最初は、番頭の晋兵衛《しんべえ》が行くつもりだったが、四十半ばの年だし、ふだん出歩くことも少ないので、刻限が限られているから無理であろうと与太郎は判断したのだ。

「俺が手代のふりをして行ってやる。店の半纏を借りるぞ」

千両を背負うなんていうのは珍しいことだが、山の中で材木を担いで走っていたのに比べればどうってことはなかった。だが、肝心なのは道が分かるかどうかだ。江戸に来てから、あちこちぶらぶらしているが、不案内な所だらけだし、愛宕山にもまだ行ったことがない。

「だったら、俺が！」

と事情を知った銀平が、何気なく先導役になったのだ。しかも〝ムササビ小僧〟だから、近道などにも詳しかった。幼い子供の命がかかっているのだ。銀平もさすがに多少ガタがきていたが、走り続けるしかなかった。

ところが——愛宕神社まで死に物狂いで登ってくると、すぐさま別の所へ行けと命じられた。拐かしは金の受け渡しで失敗することが多い。咎人は何らかの形で金を奪う機会を狙っているのだろう。

与太郎は身代金の運び役を引き受けたときから、何がなんでも捕らえる、少なくとも正体だけは摑もうと考えていた。困っている者を見ると買ってでも面倒をみる与太郎である。それが生来のお節介だとは当人も気づいていない。

身分はたしかに小藩とはいえ、江戸家老である。だが、生まれつきお気軽だから、困った人を見ると後先顧みずすぐさま助けようとする。爺っ様も喜んでいるであろう。世間体だのなんだのは何もない。とにかく、与太郎は思いつくがままに行動していた。それがゆえに危険なことにも多々遭遇したが、それもまた己が招いた運命《さだめ》だと思っていた。

——次は目黒不動に。

ということで、銀平は天徳寺《てんとくじ》裏門の同朋町《どうぼうちょう》辺りから、仙石讃岐守《さぬきのかみ》の屋敷の脇道を抜け、下水にかかる熊谷橋《くまがいばし》を渡ってから細い坂の路地を走った。与太郎も頑張ってついていく。

そこから芝《しば》切通しに続く広小路にある自身番の前には、朱房の十手を帯に差した円城寺が立っていた。まるで、愛宕神社では取り引きをしないことを読んでいたように、先廻りしていた。

「だ、旦那、あれを……来やしたぜ」

紋七は驚いた顔で、与太郎と銀平が走っている姿を見ながら、

「大したもんだ……どうして、この辺りに来ると分かってたんでやす？」

「驚くことじゃねえ。王道だからだよ」

「王道……？」

「俺の読みどおり、次は目黒不動尊に違いねえ」

「どうしてでやす？」

「愛宕神社と目黒不動尊は出世の御利益がある。出世祈願が叶うのは、江戸ではこのふたつだ」

「へえ。そうなんでやすか」

「それも知らぬのか」

「でも、どうして旦那はそう読んだんですか」

「身代金の受け渡しは、愛宕神社か目黒不動尊に決まってるんだ。金を奪ってお大尽になろうって魂胆だ」

「だったら、大黒様《だいこくさま》や弁才天様《べんざいてんさま》などが祀られている所の方がいいと思いやすがね」

「いいから来い。奴は千両小判を背負ってるんだからよ」

円城寺が帯の十手を押さえながら、与太郎が走っていく方に駆け出すと、紋七も仕方

なく追いかけた。

だが、与太郎の足は物凄く速い。到底、追いつけるものではなかった。しかも、近道をあちこち曲がりながら走っているわけだから、江戸市中の路地裏まで熟知している円城寺と紋七とはいえ、あっという間に見失った。

紋七の方はもう足腰にガタが来ているので、へたり込んでしまって、

「旦那……後はお任せ致しやす……」

と震える声で言った。

「情けない奴だな。年とはいえ、岡っ引だろうが。そんな調子じゃ、もうお払い箱だな。ずっと、そこに座ってろ」

苛ついて詰《なじ》った円城寺はとりあえず目黒不動を目指して走った。走りながら円城寺の脳裏に妙な思いが過ぎった。

「待てよ……与太郎って浪人者は、なんだか知らねえが、お上のことも色々と知ってるようだし、遠山奉行や目付頭の速見様とも通じている節がある。何者なのだ……正体の分からぬ奴だ……アッ！　もしかして、親切ごかしで預かって、あの千両を何処かへ持ち逃げする気じゃねえだろうな」

円城寺は妙な焦りに駆られたが、足の速さは到底、与太郎には敵《かな》わない。それでも、目黒不動尊だと目星をつけた円城寺はひたすら走るのだった。

へとへとになって、円城寺がようやく広尾水車《ひろおみずぐるま》辺りに来たときには、日が西に傾いていくのがよく見えた。むろん、与太郎がいつまでに目黒不動に行くのか、円城寺には知る由もなかったが、とにかく気持ちだけは焦っていた。

広尾水車は玉川《たまがわ》水車とも呼ばれ、玉川水道から引かれた豊かな水量によって動かされている。水輪の大きさは幅六尺、高さが二丈四尺にも及び、まさに化け物のように大きな水車だった。この水車を見たいがために、目黒不動の参拝帰りに立ち寄る者も多かった。

渋谷川《しぶやがわ》の水音と水車の廻る軋《きし》みの音を聞きながら、円城寺は水をごくごく飲んで、さらに走り続けた。

二

一方――与太郎はかなり疲れながらも、ようやく目黒不動に駆けつけて来たが、ぎりぎり七つに間に合ったようだった。

参拝客が絶えない目黒不動は、泰叡山瀧泉寺《たいえいざんりゅうせんじ》という天台《てんだい》宗の寺で、平安時代の初めに、慈覚《じかく》大師が開山したという。本尊の不動明王像も慈覚大師の作である。まだ参詣している人びとが「なんだ？」と振り返る中、与太郎は立派な本堂の前まで来た。

拝みもせずに辺りを見廻していると、いきなり参拝客の中から、商家の旦那風の中年男が近づいてきて、

「日本橋の米問屋『丹後屋《たんごや》』のお方ですね」

「丹後屋……？　見てのとおり、『丹波屋』だが」

印半纏を殊更に叩くと、相手は小首を傾げたが、与太郎は訊いた。

「まさか、おまえか。拐かしたのは」

「はあ？　どうぞ、これを」

旦那風は封書に包んだ文を手渡すと、すぐさま立ち去ろうとするのを与太郎は止め、

「待ってくれ。これはなんだ」

「さあ。私は通りがかりの人に頼まれただけなので」

「誰にだ。美代は無事なのか」

与太郎もふだんから可愛がっている長屋の娘だから、身の上が心配だった。その思いで、ここまで突っ走ってきたのだから、おいそれと放すわけにはいかないと手を伸ばそうとした。だが、

「何の話だか私には……先を急ぎますので、これで」

と旦那風は余計な事には関わりたくないとでも言いたげに礼をして立ち去り、人混みの中に紛れた。そんな様子をやはり参拝客に紛れて見ていた銀平は、与太郎に目で合図

してから尾けた。

すぐに与太郎が封書を開いて見ると、

――広尾水車に戻り、その近くにある菜の花畑に囲まれた御堂を見ろ。

とだけ書かれてあった。

「なんだと……どういうつもりだ……」

与太郎はまた駆け戻って、すでに菜の花の時節は終わっている殺風景な田園風景の中に、ぽつんとある小さな御堂を見つけた。

「時を指示したのは、ただ掻き乱すためだけのことか……いや、もしやさっき目黒不動で、銀平のことに気づいた相手が、俺と引き離すのが狙いだったのかも……」

そう思いながら、まっすぐ御堂に近づいて、扉を開いてみた。中には香炉のようなものがひとつあって、巻物が置かれてある。

そっと手にして紐《ひも》を解いて開いてみると、今度は、

――ご苦労様。暮れ六つ（午後六時頃）までに、千住《せんじゅ》の光茶銚《ひかりちゃがま》までおいでなされ。

と明らかにからかっているように書かれてある。光茶銚とは江戸名所図会にも記されている爺《じじ》が茶屋《ちゃや》とも呼ばれる茶屋にある光り輝く名物の茶釜のことだ。もっとも、まだ江戸に不慣れな与太郎には、暗闇を走るようなものだった。

さすがに、おっとりしている与太郎も苛立ちを感じてきた。ここから千住まで走って

も一刻近くかかるであろう。しかも重い物を背負って一刻で来いとは無茶である。

——お上に報せてないかどうか確かめるためかと思ったが……もしかしたら、端から金を奪うつもりはなくて、金の受け渡しを失敗させ、それを理由に人質を殺すつもりではないのか。

という考えも与太郎の脳裏を掠めた。だが諦める訳にはいかぬ。与太郎は一息だけつくと、よいしょと立ち上がった。

そこへ、へろへろと荒い息をつきながら、紋七が駆け寄って来た。

「与太の旦那……あんた、一体、何処まで行くつもりなんだ……」

今にも喉が詰まりそうな情けない声である。与太郎は一瞬だけ振り向いたが、素知らぬ顔のまま、

「紋七親分。どうして、かような所に……」

「円城寺の旦那とは会いませんでしたか。目黒不動まで追いかけたはずなんだがな」

「えっ……どうして、そのことを」

「なんだか知らねえが、出世祈願とかなんとか……それより、『丹波屋』さんから預かった身代金は無事ですかい」

「…………」

与太郎はジロリと紋七を睨んだ。

「な、なんですか……その人を疑《うたぐ》るような目つきは」

「人ってのはな、ヘトヘトに疲れると何もかも信じられなくなるのだ。紋七親分はいい岡っ引だとは承知してるが、拐かしの一味と勘繰りたくなる」

「ば、馬鹿なことを言わないで下さいやし。どうやら、身代金を背負ってあちこちに走らされてるようですが、次は何処でやす」

「………」

「そんなにあっしのことを信じられないんでやすか」

紋七が羽織の内側から十手を出そうとしたが、与太郎は止めて、

「それこそ、拐かし仲間が何処かから見ているかもしれぬ。見せなくていいよ……次は千住の外れにある光茶銚に暮れ六つまでにということだ」

「えっ。そんな無茶な……」

「しかも、不案内な道なのでな」

「あっしの足じゃ無理だな。目黒川を船で下って沿岸を抜け、大川を上って行くこともできやすが……やはり走った方が早いかな。与太郎の旦那の足なら大丈夫でしょ。ええ、さっき見てましたが、まるで飛脚だ」

「そうか、道案内は飛脚に頼むか」

「こんな所にはいやせんよ。だって……」

と紋七も諦めかけた頃、飛脚が走ってくるのが見える。しかも鈴を鳴らしていないから帰り道に違いない。

とっさに紋七は飛脚を止めた。

「おい！　頼みがある！　金は、この与太郎の旦那が弾むぞ！」

かくして――飛脚の道案内で、与太郎は後ろを懸命に追いかけた。

なんとも江戸には坂が多いなあ、と与太郎は感じていた。何処を走っても足腰に負担がかかり、太股がズンと痛くなってくる。しかも荷物を背負って走ると何倍にも重くなる。人足たちの大変さがよく分かった。しかも、日本橋を出てから一刻近く走りっ放しである。へたばって当然であった。

まもなく目白坂《めじろざか》だ。清戸道《きよとみち》という将軍が鷹狩りに使う道を抜けて、豊坂《とよさか》や幽霊坂《ゆうれいざか》を登り下りしてから、芭蕉庵《ばしょうあん》を横目に胸突坂《むなつきざか》を登った。本当に胸が坂の地面にくっつきそうな急勾配で、少しでも気を緩めれば、背中の千両の重さで後ろに引き戻されそうだった。大銀杏《おおいちょう》や竹林が日陰を作ってくれているのが唯一の救いだった。

坂の上には肥後《ひご》熊本藩の下屋敷があって、反対側には自生している椿《つばき》の山が広がっていた。ここは江戸庶民の遊山によく使われていて、不動尊が置かれてあった。その脇道を走って、飛脚の先導のもと千住に急いだ。

光茶銚とは、千住宿外れの茶店の釜のことで、茶釜の光沢が優れていたから街道の名物になったまでのことである。銚とは小さな釜のことだ。

わざわざそんな所を選んだのには訳があるに違いない、と与太郎は思っていた。だが、そこへ行ってもまた走り続けなければならないとしたら、もう体が持たないだろう。

千住の宿場からは荒川《あらかわ》が近い。そこから千両を舟にでも積んで逃げる気であろうか。わざわざ廻り道をさせたのは、やはりお上の尾行を警戒したのと、与太郎をへたばらせて奪うのが狙いだったのであろうか。

しだいに日が西に落ちてきた。

ようやく千住の宿にかけつけてきたとき、光茶銚のある茶店の主人が、今にも表の葦《よし》簀《ず》を下ろそうとしていた。

「待ってくれ！　ま、待って！」

滑り込むように縁台の前に座り込んだ与太郎は、救いを求める目つきで店の主人を見上げた。もう還暦近い主人だが、与太郎があまりにも疲弊しているので、

「どうなさいました、お若いの……」

としゃがみながら声をかけ、火を落としたばかりの茶釜から湯を注いで、番茶を飛脚と与太郎に差し出した。

飛脚は少しだけ口をつけると「ご馳走様《ちそうさま》」と言い、駄賃をと与太郎に手を出した。飛脚は急ぎ便なら江戸府内でも三両取ることもある。与太郎は懐の自分の財布から二両出

すと、飛脚の目が飛び出しそうになって、

「こんなには要りません。でも、遠慮なく一両を！」

と受け取って韋駄天で走り去った。

与太郎も茶を飲んで深い溜息をついてから、

「どうやら間に合ったようだ……誰かに預かった文はないか」

と尋ねると、主人は不思議そうな顔で、

「おたくは？」

「俺は与太郎という者だ。見てのとおり日本橋『丹波屋』という米問屋の……」

「ああ、あなたが……ええ、預かってますよ。暮れ六つに来るから渡してくれって」

主人は奥へ入ると、すぐさま桐箱《きりばこ》を持って出て来た。与太郎はそれを受け取って開けると、やはり文が入っていて、

——千住桜木《さくらぎ》の渡しに来て、そこに停《と》めてある荷舟に千両を置いて立ち去れ。

とだけある。

暗くなるまで引き廻したのは、やはり逃亡し易くするためだったのだ。

「この文を持って来たのは、どんな奴だった？」

「三十絡みの……この辺りでは見かけない顔だが、ちょっといい女でしたねえ」

「女？　男じゃないのか。どんな顔をしていた」

「どんなって……もう一度、見れば分かると思いますがねえ……」

その女もまた拐かし一味に利用されただけかもしれぬ。どこまで用心深い奴だと与太郎は歯痒《はがゆ》く思ったが、渡しまではすぐ目と鼻の先だから、急ぐしかなかった。

茶店の主人に教えて貰ったとおりに来ると、辺りには松並木が続いており、月も出ていないので鬱蒼《うっそう》として、辻斬りでも現れるのではないかと思えるような闇が広がっていた。桜木の渡しは今はあまり使われておらず、そうでなくても、日没後には渡船は禁じられている。

──こんな所に呼び出すとは、待ち伏せをして襲ってくるかもしれぬな。

与太郎は辺りに気を配りながら、船着き場に来たものの、川風が吹き、涼しげな水音がしているだけで、怪しげな影はない。文に書かれていたとおり、与太郎は千両を小舟に載せてから離れた。

葦原《あしはら》が広がっており、風にさわさわと揺れているので、人の気配があっても感じないかもしれぬ。与太郎は千住宿の方に戻る振りをしながら、葦の群れの中に潜んで、小舟を見張っていた。おそらく誰かが来て漕いで立ち去るに違いない。その時に、ふん捕まえて正体を暴くつもりである。

だが、小舟に誰か人が近づく様子はまったくなく、その代わりに、すうっと小舟がひとりでに動き始めた。音もなく、ゆっくりと沖に向かって離れて行く。

「………」

与太郎は「しまった」と思わず立ち上がって、船着き場の方へ駆け出したが、小舟は悠々と離岸して、しだいに大きな流れに乗ってゆく。目を凝らすと、沖に黒っぽい色の猪牙舟《ちょきぶね》がもう一艘いて、小舟と綱で繋がれているようだった。猪牙舟には一人、編笠《あみがさ》を被った男が乗っていて、ぐいぐいと綱を引いていた。

「逃げられると思うなよ……箱根の山じゃ、俺に捕まらなかった猿はいないんだ」

与太郎の表情には険しさが増してきた。

三

永代橋東詰にある船宿の二階の窓辺に、中年男が立った。昨日、目黒不動尊で、与太郎に文を渡した男である。

そこからは江戸湾が目の前に迫り、海越しに富士山も見える。もっとも今朝は、朝靄《あさもや》が広がっており、すっきりとしない天気だが、無数の漁船や荷船が海原に出ていく光景は壮大であった。男はその風景を独り占めにしているかのように満足そうな笑みを浮かべ、鼻歌を洩らしている。陽射《ひざ》しはぼんやりとしているが、千両を手に入れたからか、実に明るい顔で楽しそうであった。

それを——海辺から見ていたのは、銀平であった。目黒不動で、文を届けにきた商家の旦那風を尾けてきてのことだった。

「ムササビ小僧をなめるなよ……」

そう呟いたとき、河口の岸辺から続く草むらがガサガサと揺れた。振り返ると、与太郎が腰を低くして近づいて来ていた。

「おう。よくぞ見つけたな、銀平」

「お早いお着きで」

「俺にも、お蝶という強《つえ》え味方がいるのでな」

「さいですか」

お互い本当の身の上は知っているが、口には出さなかった。与太郎は随分と年下だが、まるで主人のように、銀平は慕っている。与太郎の方も、根っから気立てのよい銀平を信頼していた。

「千住辺りを指定したということは、やはり奴らは舟を使う気でしたね」

「そのようだな。やはり追っ手を警戒してのことだろう」

案の定、拐かし一味は猪牙舟で小舟を荒川へ曳航し、遠くに行くと見せかけて、隅田川を戻って下り、江戸湾に出るために潜んでいたのである。

「与太郎の旦那……奴らはまんまと千両を盗んだと思ってやすが、まだこっちのことは気づいてやせん」

「うむ。だが、あいつをとっ捕まえたところで、すぐには口を割るとは思えぬ。それどころか、美代の命が危ない」

「まだ、美代は帰ってきてないんですかい」

「ゆうべのうちに戻してくれるだろうと思ってたのだが……」

与太郎が首を横に振ると、

「亀助と女房のお鶴は、水も喉を通らないくらい心配している。どうやら、円城寺の旦那も本気で動き出したようだが、あまり目立ち過ぎると却って、美代の身が……」

「たまらねえですね……ですが、旦那。拐かし一味はなんで、人違いをしたんですかね。本当に『丹波屋』の娘だと思い込んでたんでしょうか」

「さあな。だが、主人はなんのためらいもなく、店子のためにポンと千両を出した。なかなか出来ることではない」

「でやすね……兄弟揃って俠気《おとこぎ》があるというか、慈悲深いというか」

「兄弟揃って？」

「あれえ。何度も話したでしょうが、女将さんは元々深川の鉄火芸者で、『丹波屋』の前の主人のお内儀になったたって。だから、後を継いだ六右衛門さんの計いで店と長屋を女将さんに……」

「あ、そうだったな」

「まあ、兄弟の間では色々あったみてえで、あっしも詳しくは知らねえが、女将さんとも顔を合わせづらいんでしょうがね」

「ふうん……」

「旦那、人の話、ちゃんと聞いてやす？」

「分かってるよ。そんな話をしてる場合じゃないだろう」

与太郎が止めたとき、濡れ手拭いで体を拭いていた中年男がふいに一方を振り向いた。永代橋の上を、曇りだというのに日傘を差した女が歩いて来た。顔ははっきり見えないが、左褄《ひだりづま》を取って少しばかり腰を艶やかに振っている。まるで芸者である。

船宿の二階にいた男は、日傘の女に気づくと、一旦、部屋の奥に消えたが、すぐに船宿の表に出てきて、橋の袂まで迎えにきた。

「よう。遅かったじゃねえか」

と小走りで女に近づくと、随分と待ちくたびれていたように抱きついた。まだ朝っぱらとはいえ、人の往来がある中で恥ずかしげもなく、ふたりは抱擁した。

はらりと日傘が落ちて現れた女の顔は、やたら化粧が濃くて、見る者を釘付《くぎづ》けにするほどの美形だった。わずかに崩した島田に銀簪《ぎんかんざし》が小粋に揺れ、紬《つむぎ》の着物と帯は決して派手ではないが、妙にしっとりとして、益々、いい女っぷりに見せていた。

女は一瞬だけ、人目を気にするように周りを見廻してから、男に抱きついた。その顔を改めて見たとき——与太郎と銀平の顔は引き攣《つ》り、思わず声を上げそうになった。

「お、女将さん……」

「だよな。お恵、だよな……」

「いやいや。化粧がケバケバしてたし、似てるだけかもしれねえ」

銀平は首を横に振りながら、

「綺麗どころは、みんな似たような顔だちをしてるし、遠目に見りゃソックリってこともあるだろうし……」

「だが、毎日、見ているおまえだって、反っくり返ったじゃないか」

中年男と美女のふたりは楽しそうな笑い声を洩らして、人目も気にすることなく乳繰りあいながら船宿の中に消えた。

「だ、旦那……やっぱり女将さんにしか見えねえ」

銀平は目を何度も擦ったが、与太郎も頷くしかなかった。それが、お恵であれ、瓜《うり》ふたつの別人であれ、此度の拐かしに関わっていることは間違いなさそうだ。

「事件の裏には女がいるってやつか……そういや、茶店にも女が文を届けてたとか」

「どうしやす。あっしが、ちょこっと覗いてみてきやしょうか」

「できるか」

「そりゃもう、覗きは十八番《おはこ》でやす」

銀平は笑ってから腰を屈《かが》めると、忍び足で船宿の方へ近づいて行きかけたが、

「やっぱり、やめときやす。もし女将さんだったら、俺……これから、どうやって付き合ったらいいか困っちまう」

「なんだ、そりゃ」

「しかも、万が一、拐かし一味に気づかれたら美代の命が……」

「だったら俺が行こう」

「大丈夫でやすか、旦那……まだ若いのに……」

与太郎は大人しそうな顔をしているが、女にはもてる。これまでも、銀平は二、三度だが、江戸見物ということで水茶屋に連れていったことがある。ペラペラ喋る男衆より、こういう飄然とした若者が商売女には面白いのだ。しかも、田舎者だと言いながら、どこか育ちのよさが垣間《かいま》見える。そういうところに、女は弱いのであろう。

銀平と離れて、与太郎は船宿に近づいていった。だが、中の様子はもちろん見えない。しばらく張っていると、四半刻も経たぬうちに、女が船宿から出て来た。

さっきより近い場所からだから、ハッキリと顔が分かる。化粧は濃いが、やはりお恵であることは間違いない。

少しはだけた着物の襟足を直しているものの、情事にしては短か過ぎる。お恵は紅潮

した頰に笑みを湛《たた》えて、「また後でね」と二階から見送る男に小さく手を振ると、永代橋の道の方へゆっくり歩き出した。男への名残惜しさなど微塵《みじん》もない様子だった。が、男の方はいつまでも、窓辺からお恵の揺れる帯を見送っていた。

与太郎は男の方は銀平に任せると目配せをしてから、お恵を尾け始めた。

「どんな人間にも裏表がある……箱根の山から下りて学んだのが、それだ……なんとも悲しいことではないか」

ぶつぶつ言いながら、与太郎は気取られないように、お恵の後を追うのだった。

『丹波屋』に、美代が帰って来たのは、その日の昼下がりのことだった。怪我をした様子もなく、何かを怖がる様子もなかった。

心配して待っていた亀助とお鶴夫婦は、美代を痛いほど抱きしめて、わあわあ大粒の涙を流して泣いた。

だが、美代の方は嫌そうな顔をして、

「く、苦しい。痛いよ……お父《とっ》つぁん、おっ母《か》さん……」

と体を振って離れようとした。

よほど窮屈なのであろう。そのあどけない様子を見て、六右衛門や番頭の晋兵衛も安堵した。亀助は千両もの金を出してくれたことに、平伏して礼を言った。が、六右衛門

は大して気にする様子もなく、

「無事帰って来たのだから、それが一番だよ。金なんかまた稼げばいいし、うちの穀潰《ごくつぶ》しが使い込むくらいなら、役に立って嬉しいよ」

と言って美代の頭を撫でた。

「ありがとうって言いなさい、さあ、美代」

お鶴は促したが、六右衛門は美代を可愛がりながら、

「礼なんぞいい。お恵さんが大家とはいえ、うちとも親子同然だからな」

と言うと、亀助は訊いた。

「なあ、美代。おまえを拐かしたのは、どんな奴らだったんだい」

美代はあどけない顔を向けて、

「拐かし……？」

と不思議そうな顔をした。美代は本当に何のことだか分からないと首を傾げた。

「ああ、おまえを連れ去った者の顔とかは見てないのかい」

「私を……？」

「そうだよ。だから、『丹波屋』さんが千両もの身代金を出して、与太郎さんが必死に江戸中を駆けずり廻ってくれたんだ」

まるで父親に責められているとでも思ったのか、美代は首を竦めた。まだ七歳の年端

もいかぬ女の子である。話はおいおい聞いた方がよい。ただでさえ心が傷ついているのに、追い打ちをかけるようなことはしてはならないと、六右衛門は亀助を窘《たしな》めた。

この場には、大工の松吉や医者の順庵、隠居の安兵衛、飾り職人の弥七ら、長屋の面々も押し寄せて心配している。

とにかく、今日はゆっくり休ませた方がいいと、六右衛門は美代親子を長屋に帰らせた。そして、浪人の逢坂錦兵衛に、また人攫いが来るかもしれないので、用心棒を頼んだのだった。

四

その夜――与太郎は『蒼月』を訪れていた。

いつものように銀平は厨房で魚を捌いておりお恵は客を送り出してから、鼻歌混じりで後片付けをしていた。誰も客がいなくなってから、与太郎は声をかけた。

「お恵さんは、いつも元気だな」

「そうですか？　これがふつうですよ。与太郎さんこそ、昨日は亀助さんちの美代ちゃんのために、江戸の端から端まで走ったんだから凄いじゃないのよ。惚れ直しちゃった」

屈託なく笑うお恵をまじまじと与太郎は見ていたが、銀平も黙って様子を窺っている。

「俺よりも、六右衛門さんの方が凄いと思うけどな。店子のためとはいえ、あんな大金、ポンと出せるものじゃない」

「そういうお人なんですよ」

「お恵だからこそ、言えることかもしれぬな」

「若い頃は、ろくでなし六右衛門とからかわれていたらしいですけどね、うちの人と一緒に兄弟して上方から出てきて苦労して、『丹波屋』を自分たちだけで作り上げたからこそ、人のために頑張れるんだと思います」

「ああ、そうだな。よく分かる」

「でも、兄弟の溝を作ったのは私のせいかもしれない……深川芸者を嫁にするなんて、いい年こいて何を考えてんだって六右衛門さんは大反対……だから今でも私にはあれなんだけど、やっぱり良い人だなあって、私、嬉しくなっちゃって」

「本当だな……」

与太郎が頷いて少しだけ酒を舐めるのを、お恵は横目で見て、

「あら、私ったら辛気臭い話をして……。美代ちゃんも帰ってきたんだから、ほらほら、もっと飲みましょう」

と酌をしようとしたが断って、きちんと向き直った。

「拐かした奴はどうして美代を攫ったのかな。『丹波屋』の娘だと思い込んだのが、どうも不思議でな」

「さあ……店子の娘だし、店にもよく出入りしているから、六右衛門さんの娘だと勘違いしたんじゃないかしらね」

「随分と間抜けだな」

「そう言われればそうですねえ」

「これは小耳に挟んだだけなのだがな……」

与太郎は珍しく噂話をした。

「美代は本当に、六右衛門さんの娘じゃないかってな」

「ええ……？」

「亀助の女房、お鶴とそういう仲で、いわば不義密通の子というわけだ」

「まさか。誰がそんなことを……そんな話を信じるなんて、与太郎さんらしくない。あの人は不器用な人だし、人でなしでもないわよ」

お恵はあっさりと六右衛門のことを庇った。そして、与太郎の横に体をピッタリとひっつけて座り、

「なんだか、おかしいわよ、与太郎さん。疲れてるんですよ。今日は客も終わったようだし、暖簾にしますね。銀平さん……」

と声をかけた。それを受けて銀平は暖簾を下げに表に出ていくと、お恵は与太郎の銚子と杯を横取りして手酌で飲んだ。

「はあ、美味しい……」

「身代金は昨日、千住の渡しで奪われたんだがな……」

「気にすることないわよ。与太郎さんのせいじゃありませんよ」

「船宿で会ってた相手は誰だい」

「えっ……？」

「永代橋東詰の……見てたんだよ。銀平も一緒にな」

吃驚したお恵は、与太郎の顔をまじまじと見た。残りの酒をぐいっと空けて、

「おや、驚いた……なんで、そんな所に」

「こっちが訊いているんだ。厚化粧でベタついていた相手は、目黒不動で俺に『千住まで金を届けろ』という文を渡した奴だ」

「…………」

「女将さんが拐かしに関わっているとは思えないが、銀平さんも知らないことのようだから、話を聞いてみたいと思ってな」

与太郎が疑り深い目になると、お恵は艶っぽい微笑みを洩らして、

「そりゃ私でもたまには……男を欲しくなることもあるわよ」

「違うだろ。俺が見たのは……」

「あの船宿は私が時々、遊ぶ所さね。別にいいでしょ。私は独り身だしさ。相手の男は私にゾッコンでね。でも、この店に来られちゃ困るから、ああいう所で……」

「……………」

「びっくりしたかい。そういう女なんだよ」

　悪びれることもなく、お恵が話すことを俄に信じたわけではないが、何とも言えない苦々しいものが与太郎の胸に流れた。

「逢《あ》い引《び》きにしちゃ短かったけどな」

「色恋じゃないよ。〝ちょんのま稼ぎ〟みたいなものだから。金は持ってる相手だしね。悪い商売じゃないよ」

「相手は誰だい」

「それは勘弁して下さいな。客のことは、ねえ……」

　お恵は悩ましい目で与太郎を見ていたが、銀平が戻ってくると、

「内緒だよ」

　と小さな声で囁いた。

「いや。俺はそういうのは苦手でな。銀平さんにもキチンと話しておいた方がいい」

「面倒だねえ……」

蓮《はす》っ葉《ぱ》な声を洩らして、お恵は暖簾だから帰っておくれと付け足した。

「本当に拐かしとは関わりないのだな」

与太郎は訊き直したが、お恵は本当に知らないと首を振ってから、申し訳なさそうに苦笑いをした。茶店に文を届けた女とは別人かもしれないが、与太郎の一抹の不安は消えなかった。

「ごめんなさいね。どうやら私は、純真無垢《じゆんしんむく》な与太郎さんを口説けるような綺麗な女じゃないんです。薄汚れた汚い……これ以上、言わせないで下さいな」

これまでのお恵とは別人のように、素っ気ない態度になって、

「ああ、暑い暑い……今夜も蒸しそうだねえ」

と団扇《うちわ》で扇《あお》ぎながら、半ば無理矢理、与太郎を追い出そうとした。その与太郎に銀平が「後は任せろ」とでも言いたげに目配せをした。

「今日のところは帰るとする……だが俺は、お恵さんは嘘をついていると思う」

「ええ……？」

「狐《きつね》や狸《たぬき》は人を騙すっていうが、騙さないよ。熊や鹿や猿も同じだ。人間のように騙さないんだよ。お恵さんも同じだ。ああ、目を見れば分かるんだ」

「ふん。勝手にそう思ってなさいな」

呆れた声で、お恵が背中を向けると、与太郎は飲み代を置いて出て行くのだった。

翌朝、長屋でも、拐かしの話が盛り上がっていたが、何より美代が無事に帰ってきたことを改めて喜んでいた。そして、六右衛門のことを褒めそやしていた。

「ご主人も言ってたけれど、若旦那の八十助さんが無駄遣いするより、よっぽど良いことだよねえ。若旦那じゃなくて、馬鹿旦那」

小梅が言うと、お鶴は我が子のことだけに、心から感謝していた。

「でもさ、他の子がまた攫われないとも限らないから、気をつけておかないとね」

長屋には、松吉と小梅夫婦には、竹三という五歳の子がいる。料理屋の仲居をしているおかねは、留守中に、おれんと団吉《だんきち》という十歳と八歳の子供のことが心配だ。だから、長屋にいる順庵や弥七が目を光らせている。逢坂と加奈もできる限り、子供たちと遊んで過ごすことにしていた。もちろん、与太郎が一番暇だから、中心になって面倒を見ることにしていた。

とはいっても、子供たちは少し目を放すとすぐにいなくなる。気をつけていたが、いつの間にか、再び美代の姿がなくなっていた。

「味をしめて、またぞろ拐かされたのかもしれない」

与太郎たちはあちこち探し始めたが、また神隠しにでもあったように、突然、いなくなってしまった。逢坂も加奈も案じて、探す範囲も広げていったが、美代を見かけたという人はいなかった。

近くには掘割も幾つか流れている。落ちたかもしれないので、長屋の住人だけではなく、町内の面々が出てきて、声を上げて名前を呼びながら探した。

すると、意外なことに、赤ん坊の大吉が捨てられた茶店の前にある、子返し天神の境内にいるのを、与太郎が見つけた。

美代は一瞬、逃げようとしたが、

「待ちなさい。神様に何をお願いするんだい」

と訊くと、大人しく立ち止まった。ニッコリ微笑みかけながら与太郎が手招きすると、子猫のように近づいてきた。団子でも食べるかと与太郎は茶店に誘ったが、首を横に振って神殿の前に立ち、両掌を合わせた。

「――神様……どうか、どうか。私の本当のお父つぁんとおっ母さんに会わせて下さい。お願いします」

消え入るような声で言ったが、傍らにいた与太郎にはハッキリと聞こえた。

だが、すぐには美代に真意を問い質《ただ》すことはせず、美代の好きなようにさせていた。

美代は七歳とはいえ、少し大人びた顔をしている。言葉遣いもそうだ。与太郎が長屋に来てから、一番最初に近づいてきたのは美代で、

「お兄さんと呼んでいい？」

と訊いてきた。

ひとり娘だから、兄弟がいなくて寂しいと話していた。とはいえ、長屋には、竹三やおれん、団吉らもいたが、自分と比べて子供っぽいから、遊んでいても面白くなかったのかもしれない。

「本当のお父つぁんとおっ母さん……って、どういうことだい、美代ちゃん」

与太郎が優しく訊くと、美代は俯いて、

「だって、違うもん」

とだけ答えた。

もしかして、美代も捨て子だったのかもしれないと思った与太郎は、それでも手を引いて長屋に連れて帰ろうとすると、美代はサッと離れて、

「いつもおっ母さんも怒ってばかりだし、お父つぁんもよく『私はここで拾われたんだ』って言うし……だから私、本当のお父つぁんとおっ母さんの所に行きたい」

と半べそになりながら言った。

「それで、ここに来ると、本当のお父つぁんとおっ母さんが迎えに来てくれるとでも思ってたのかい」

美代は小さくコクリと頷いた。

「だから、誰かについていったのかい？」

拐かしの一味はここで美代を連れ去ったのかもしれぬと、与太郎は考えたのだ。だが、美代は首を横に振って、

「違うよ。私、一晩中、裏のお地蔵堂《じぞうどう》の中に隠れてたんだ」

と言った。そこに潜んでいたら、本当の親が迎えに来てくれると誰かが話していたというのだ。七歳の美代が信じるとは思えないが、切なる思いがあったのかもしれぬ。

「じゃ、誰かに連れ去られたってわけじゃなかったのだね」

美代はまた頷いた。何か事情があるのかもしれぬが、とにかく長屋に連れて帰らねばなるまい。与太郎がそう思ったとき、

「おや、美代ちゃんじゃないの」

と女の声がかかった。

鳥居の方からぶらぶらと歩いてくるのは、まだ十七、八歳くらいか、加奈と同じ年頃の町娘であった。下膨れの〝おかめ顔〟だが、笑い顔に愛嬌《あいきょう》がある。すると、美代のほうも、『みよ姉ちゃん』と声をかけて駆け寄った。

「――みよ……？」

与太郎が口の中で繰り返したとき、町娘は腰を屈めて美代の肩を軽く抱いて、

「だめだよ。変な人についていっちゃ」

と言った。チラリと与太郎を見たその目は、疑い深い目をしていた。

「この娘《こ》は俺と同じ長屋の子だ。今、〝みよ〟と聞こえたが、あなたも……？」

「はい。同じ名前なんです。もっとも、私は実る世の中、ということで実世《みよ》と書くんですよ。父親の思いです」

「住まいは近くなのか？」

「ええ。『丹後屋』という米問屋です。すぐそこの海賊橋を渡った所、日本橋音羽町《おとわちよう》……」

美代ちゃん、この御方、本当に知っている人なの？

確かめる実世に、美代は素直に頷いて、「お兄ちゃんみたいな人」だと付け加えた。

「日本橋……『丹後屋』……実世……」

与太郎は呟きながら、日本橋『丹波屋』と似ていると感じた。しかも、〝みよ〟という名も同じである。そして、目黒不動でも、旦那風の者に間違われたことを思い出した。

「つかぬことを尋ねるが、あなたはこの二、三日、何処にいたのかな」

「えっ……」

俄に実世は困惑したような表情になった。与太郎はやはり拐かしと何か関わりがあると感じたが、実世は意外な言葉を口にした。

「お侍さんは、お父っぁんに雇われた人なんですか」

「む？　どういうことだ」

「惚けなくても結構です。もう懲り懲りです。私の勝手にさせて下さい」

僅かだが感情を露《あら》わにして立ち去ろうとしたが、与太郎は引き止めて、自分は父親とは関わりないと告げた。そして、新しく来た宮司がいる社務所に、実世を案内した。もちろん美代も連れていき、

「この娘はね……拐かされて身代金を奪われたのだ。一昨日のことだ」

「ええっ……!?」

吃驚する実世だが、与太郎は順を追って話した。

「まあ聞いてくれ。本通りにある『丹波屋』という米問屋は知っているよな」

「それはもう……だって、美代ちゃんはその裏店の……」

「俺も〝おたふく長屋〟で世話になっている。でだ……『丹波屋』の娘、美代を拐かしたと脅し文がきて……」

その後に与太郎の身に起こったことをすべて話してから、

「だがな、こっちの美代ちゃんは実は、地蔵堂にいて拐かされていなかった。『丹波屋』に『丹後屋』……もしかしたら、拐かし一味は間違ったかもしれないと思ってな」

「…………」

不思議そうに首を傾げる実世は、よく分からないと言ったが、

「でも私も……一昨日の夜は、家には帰っていませんでした……実はその……新作《しんさく》さんと一緒だったんです……」

と困惑するような表情になった。

「だから、てっきり、あなたのこと、お父つぁんが付けた見張り役だと思って……」

「少し詳しく話を聞けるかな」

与太郎は優しい声で、実世を促すのだった。それを不思議そうに美代も見ていた。

五

「その夜は、私……新作さんと一緒に、出合茶屋《であいちゃや》にいたんです」

恥ずかしそうに実世は言った。男女が秘め事をして過ごす所だが、上野不忍池《しのばずのいけ》界隈に多かった。実世がいたのもその辺りだったというが、店の名前までは覚えてない。

「新作というのは誰なんだい？」

「うちの荷を扱っている川船問屋『船善《ふなぜん》』の船頭です」

「船頭……」

与太郎は千両を奪って逃げた猪牙船を思い出した。

「初めて知ったのは半年ほど前のことですが、お互いに惹かれ合って、私のことをお嫁さんにしたいって……」

実世が初めて好きになった人だと、頬を染めながら言った。

「でも、お父つぁんは猛反対なんです。船頭と一緒になるなんて、とんでもないことだって。おまえにはしかるべき大店の息子か、『丹後屋』の跡取りに相応しい男を婿に迎えるって……認めてくれません」

「………」

「でも、新作さんも私も離れられなくて、いっそのこと駆け落ちしようか……なんて話も出てました」

「駆け落ち……」

「でも、そんなことをしても先行きが分からないし、とにかくお父つぁんを説得すると私は新作さんに伝えてるんです。それを信じて、新作さんも待ってくれてます……でも、どうしても一緒にいたくて……」

出合茶屋で過ごしたというのだ。しかし、そのことがバレて、昨日は父親から大目玉を食らった。だから、今日も喧嘩をして飛び出してきたのだという。

そこへ、『丹後屋』の主人・儀右衛門《ぎえもん》が境内に現れた。遠目にも見えたのであろう。口元を歪めて、一目散に社務所に向かってきて、扉を開けるなり、

「今度は、この男と密会か、実世！」

と怒りを露わにしている。

「待ってくれ。俺は〝おたふく長屋〟の……」

与太郎が言いかけても、まったく聞く耳を持たずに、感情のままに鬼のような顔で実世に迫った。

「おまえ、なんという恥知らずなのだ……あの新作という奴は、おまえを嫁にするなどと言って弄んだ挙げ句、私の店を乗っ取る気に違いない。たしかに『船善』は江戸で指折りの川船問屋だが、うちは大切な米を扱う問屋だ。おまえはあいつに利用されてるだけなんだよ」

「お父つぁん、やめてよ、人前で……」

「いや、宮司さんにも聞いて貰おうじゃないか。なあ、実世……そりゃ、お母さんを早くに亡くしたから、おまえには辛い思いをさせた。私の情愛が乏しくて、寂しかったのかもしれない……」

儀右衛門は詫びるような言葉を並べたが、表情は怒りに満ちており、

「そんなに私のことが嫌いか……だから腹いせに、新作みたいな奴と……」

「違います、お父つぁん。新作さんは、そんな人じゃありません。新作さんは……」

「黙れ。そんな男だからこそ、嫁入り前の娘に手を出したりするんだ。おまえは騙されてるんだ。分からんのか」

「誘ったのは私の方です」

毅然と言った実世の態度に、儀右衛門は一瞬、声が詰まった。

「私は、新作さんを信じてます。少なくともお父つぁんよりは頼り甲斐《がい》があって、私に優しくしてくれてるから」

涙ながらに言い放つと、実世はチラリと美代を見て、「ごめんね、また遊ぼうね」と呟いて、社務所から飛び出していった。宮司は阿呆面で見送っていたが、儀右衛門は怒りが頂点に達してきたのか、その場にいる与太郎にも八つ当たり気味に怒鳴って、出て行こうとした。

「――な……なんだと！」

その腕を思わず掴んだ与太郎に、儀右衛門は吃驚して「何をするッ」ともう一方の手で殴りかかった。が、与太郎は簡単に肩を掴んで座らせて、

「まあ、落ち着いて、事情はなんとなく分かりました」

「なんだと……？」

「この子も美代だってこと、知ってるか。字は違うがね」

「知らんな」

と言ってから儀右衛門は、今一度、美代を見て、

「ああ……たまに、うちの娘とあやとりなぞして遊んでた娘か。貧乏長屋のな」

「貧乏長屋は余計だと思うがな。そういう貧乏人もおたくの米を買ってくれてるのだ」

「なんだ……おまえも、うちの娘に手を出そうというのか」

まだ興奮冷めやらぬ儀右衛門に、与太郎は真剣なまなざしで、

「もしかしたら、この美代ちゃんが、おたくの実世ちゃんと間違われたかもしれぬのだ。いや、おたくの実世ちゃんと、この美代ちゃんがいない間に、勘違いが起こったかもしれぬのだ」

「――はあ？」

「この美代ちゃんが攫われたと思い込んで、『丹波屋』さんが、千両もの身代金を拐かし一味に払ったかもしれぬのだ」

儀右衛門はまじまじと与太郎を見ていたが、『丹波屋』の屋号を出されると、少し気分が落ち着いたのか、「何があったのだ」と逆に尋ねてきた。『丹波屋』六右衛門とは同業者ゆえ、よく寄合で顔を合わせるし、同じ日本橋の大店同士、何かあれば助け合っていると話した。

与太郎は事件の顚末を話してから、

「これはまだ俺の推察に過ぎないけれど、もしかしたら拐かしの一味は、『丹後屋』と『丹波屋』を間違えたのではないか」

「……まあ、時々、客にも間違われる」

「だとしたら、『丹後屋』の娘、実世を人質に取ったとしたら、身代金を請求するのは、儀右衛門さん、あなたに対してでしょう」

「え、ああ……」

「でも、拐かし一味は間違えて『丹波屋』の方に脅し文を届けた。六右衛門さんは、娘はいないのになあ……と思ったけれど、裏店に美代がいて、よく出入りしているから、

〝下手人〟は、『丹波屋』の娘だと誤解して犯行に及んだ」

下手人とは殺人犯のことだが、拐かしも時に人質を殺すこともある卑劣な犯罪だから、そう呼ばれることも多かった。

「六右衛門さんは、裏店の子は自分の子も同然と、千両もの身代金を払ったのだ……そして、拐かし一味はまんまと金を奪って逃げた。つまりは、おたくの娘の身代金を肩代わりしたようなものだ」

「…………」

「だとしたら、おたくの実世さんが留守の間に、事を為そうと思った輩がいるはずだ」

「ま、まさか、新作が……」

「勘がいいな。まだ断定はできないが、関わっていても不思議ではない。新作のことを詳しく教えてくれないか。できれば、北町の円城寺の旦那にも話しておいた方がいい」

与太郎の言い分を聞いていて、儀右衛門は別の感情が湧いてきて、不安げに頷くのであった。そんな様子を見て美代はまだ小さいながら何かを感じたようで、与太郎にしがみつくのであった。

だが、二親が怖くて、長屋には帰りたくないという。与太郎は美代を荻野山中藩の江戸屋敷に連れていき、鹿野や猪股に事情を伝えた。このふたりだけでは心配だから、美代と顔見知りでもあるお蝶にも任せて、新作を当たろうとした。

その前に、お蝶は調べてきたことを与太郎に伝えた。

「与太郎様から、まんまと千両を奪ったのは、おそらく……」

「新作という船頭だな」

「えっ。どうして、そのことを……」

実世の話を与太郎がすると、お蝶はすぐに納得したように、

「金を奪われた後、私も追いかけたのですが、やはり逃げられました。ですが、猪牙船や川船にはご存じのとおり川船問屋の屋号と〝ろ八〟などと船の鑑札番がついてます」

「うむ。それで分かったのか」

「はい。やはり千住宿の外れ、荒川沿いにある『船善』……与太郎様が今、話してくれた川船問屋の船でした。そのときに漕いでいたのが、新作という人かどうかは分かりませんが、拐かしがあった日には船を出していましたので、おそらく……」

「ふむ。これで出揃ったか……お恵のことも心配だな」

「お恵……？」

「いや、それはいい。とにかく、美代のことは頼んだぞ」

与太郎は念を押して、川船問屋『船善』まで出向いた。

儀右衛門が小馬鹿にするのが分かるくらいの規模の川船問屋だった。『船善』の主人・覚兵衛《かくべえ》はまだ三十半ばくらいであろうか。威勢の良い船頭らを束ねているにしては、何処か迫力に欠ける男だった。与太郎が新作はいるかと尋ねると、

「新作……ちょっと出てますが、どちらの若君様で……」

どこかの武家の若様にでも見えたのだろうか、覚兵衛は遠慮がちに、

「まさか、また借金をしたのではありますまいな」

「借金……」

「そうではないのですか……奉公人の恥を言うようですが、時々、武家屋敷の中間部屋の隠し賭場に行くことがあるらしく、てっきり負けた金の取り立てかと」

与太郎はそれで拐かしをしたのかと思ったが、隠し賭場については触れず、

「『丹後屋』の実世とは、どういう付き合いなのか知っておるか」

「え、ああ……新作は役者みたいないい男で、かなり女にはもてますが、『丹後屋』の娘さんにも好かれていたとかで……そんな大店に婿入りできたら、逆の玉《たま》の輿《こし》だなと冗談で……けど、あの儀右衛門さんが許すわけがありません。目に入れても痛くないほど可愛がっていますから」

覚兵衛は恐縮したように言ってから、「新作が何かしましたか」とまた不安げに訊き

返してきた。

「新作が出入りしていた中間部屋とは何処の屋敷か分かるか」

「いいえ、私には……」

「では、新作の賭場仲間や飲み仲間に、どんな奴がいるか知っておるか」

「え、それが……店の外でのことは、あまり……」

どうやら、あまり素行がよくないので、雇い主としても迷惑しているような雰囲気だった。その素性を話すことも憚られるのであろうか。与太郎が出自などを訊くと、

「行き倒れ同然のところを助けただけです。まだ新作が十五、六の頃のことです。親兄弟のことは分かりません。私にもすぐ懐いて、兄貴分の船頭らにも好かれたから店に置いてるのです。少し気は弱いけれど、悪い奴じゃありません」

「そうか。では、親代わりということか」

世の中には、自分のように色々な事情の者が多いのだなと与太郎は改めて思った。

「船頭仲間以外に、新作が仲良くしている奴を教えてくれぬか」

「さあ……そんなに友だちはいないと思いますが」

「他に、四十絡みの商人風の男とか……」

「分かりません……」

「そうか。とにかく、新作が帰ってくるまで待たせて貰うとする」

「ええ、どうぞ……」

覚兵衛は承知したが、日暮れになっても、新作が店に帰ってくることはなかった。

六

今日も日本橋の袂には、急ぎ足の商人や人足たちがひっきりなしに往来しており、激しい喧騒に満ち溢れていた。そんな中に、暇そうにぽつんと立っている駕籠人足ふたり組がいる。『丹後屋』の暖簾をさりげなく見ているのだが、「ああっ」と伸びをしたとき、円城寺と紋七が近づいてきた。

「客待ちかい」

紋七が声をかけると、背の高い方の駕籠人足が、「へえ、親分さん。お使いでございやすか」と返した。すぐに十手を突きだした紋七は、

「四日前の夜だがな、日本橋辺りから上野不忍池まで、十七、八歳の娘を駕籠に乗せて運ばなかったか」

「えっ……ええ……運んだような、運ばなかったような……」

背の高い方が曖昧に答えると、小柄な方は「運んだよ」と素直に答えた。途端、背の高い方が気色ばんで、

「バカ、草助《そうすけ》。客のことをあれこれ言うんじゃねえ」

と叱りつけた。

円城寺と紋七は「妙だな」という目つきになると、背の高い方は御用の筋なら仕方がないが、客には色々な秘密があるから、誰が何処に行ったかは話せないと断った。

「でも、御用の筋じゃねえか、菊一《きくいち》。でやすよねえ、旦那方」

と草助が謙った笑い顔になると、菊一と呼ばれた方も曖昧に、

「何かありやしたか、旦那……」

「その娘は、丁度、この辺りで、おまえたちのようなデコボコなふたりの駕籠を拾ったというのだがな。どうなのだ。運んだ覚えはあるのか、ないのか」

「え、ええ……そう言われればありやす」

菊一が答えると、円城寺が顔を近づけて睨み上げた。

「不忍池の何処に行った」

「へえ……たしか、『田嶋《たじま》』とかいう出合茶屋で……降ろした時には、誰か男が出迎えてやした」

「ほら覚えてるじゃないか。で……どんな奴だった？」

「――でっ、って……顔は暗くてハッキリとは見えやせんでした」

「本当のことを言えよ。俺たちが何を訊きたいか分かってるだろ。なあ、おふたりさ

ん」

答えに困ったふたりを見ていた円城寺は十手を突きつけて、

「番屋まで来て貰おうか。拐かしの疑いがある」

「えっ……！」

菊一と草助は素っ頓狂な声を上げて、顔を見合わせた。

「おまえたちが『丹波屋』に投げ文をしたのを見た者がいるんだよ」

「………」

「なのに、主人の六右衛門が尋ねたときは、知らないと答えた。つまり、おまえらは拐かし一味の仲間ってことだ。さあ、千両もの大金、どこに隠したッ」

円城寺と紋七に迫られて、ふたりとも腰を抜かして、その場に崩れてしまった。

「し、知りませんよ、旦那……なあ、草助」

「へえ。あっしたちは、娘っ子に呼び止められて乗せただけですんで、へえ」

ふたりは必死に言い訳をしたが、投げ文をしたことを円城寺に強く追及されると、小刻みに震えながら、菊一が答えた。

「正直に言いますよ、旦那……俺たちが駕籠で不忍池まで行くと……出合茶屋の表に、ちょいと二枚目風の男が待っていて、娘をすぐに招き入れたんです。その時に、駄賃だといって、十両もくれました」

「十両だと……！」

「へえ。だけど、頼まれ事をしてくれって……その翌日の八つ（午後二時頃）頃に小さい封書を『丹波屋』に投げ入れて、その四半刻後に大きい方の封書を投げ入れろと頼まれました……なんか訳ありだとは思いましたが、つい十両に釣られて……」

「『丹波屋』にと頼まれたのか、『丹後屋』の間違いではないのか」

「え……？」

菊一と草助は首を傾げながら、顔を見合わせて、

「そう言われれば、どっちだったか忘れたけれど、日本橋の米問屋と言われれば『丹波屋』を思い出すし、そこの前でよく客待ちしてるから……でも、そう言われれば『丹後屋』だったような……一晩経ったから間違えたのかも。それがどうかしやしたか、旦那」

とふたりとも阿呆面を向けた。

「――とにかく、ふたりとも番屋に来な。詳しく聞かせて貰うぜ」

同じ日、西陽がきつくなってから、永代橋の上を円城寺と紋七が歩いてきた。与太郎から聞いて、金を奪われた千住の渡しや船頭の新作のこと、さらには怪しい男がいた船宿などを、円城寺は調べ直していたのだ。

「旦那……無駄かもしれやせんぜ。千両もの金を奪ったんだ。もうとっくに何処か遠くにトンズラしてますよ」

紋七は文句を言いながら、船宿の近くの海辺を覗いていると川船が波打ち際に漂っていた。

「あんな所に……旦那……」

近づいて覗き込むと、川船の中にはうつ伏せに倒れている男がいた。

「うわっ――」

一見すると死体にしか見えなかった。船底には、べったりと血糊《ちのり》が流れている。

「ひっ。だ、旦那……こ、これは……！」

すぐに、紋七が男の体をひっくり返してみると、その下には、なんと三十絡みの女もいた。ふたりとも目を見開いたままで、胸から流れた血で着物が真っ赤である。胸には匕首が突き刺さっていたが、まだ生温かかった。刺してまだ時が経っていないようだった。女の方は腹の辺りに傷口があるだけだ。

「こ、殺しか……!?」

円城寺は驚愕の顔を隠せなかった。

「息もしてないし、脈もない……いや、微かに脈はあるようだぞ」

すぐさま男と女を最寄りの番小屋に運び、出血が激しいため応急手当をしてから、町医者の所に運んだ。もしかしたら、このまま死ぬかもしれないが、町医者は万全を尽くした。川船の番号や、男が身につけていた店の羽織やお守り袋で、身許はすぐに分かった。

紋七の報せによって、確認に来たのは、川船問屋『船善』の主人・覚兵衛だった。与太郎も一緒である。

「し、新作……！」

覚兵衛は驚きながら、悲痛な声で男の体を抱きしめた。血糊は拭き取られていたものの、まだ汚れている。

「死ぬな……新作……！」

狼狽する覚兵衛に、町医者は説明をした。心の臓は刺されなかったが、傷が深いため予断を許さないとのことだ。意識が戻っておらず、気付け薬を処方しても息遣いは浅く、脈の波も薄かった。

「女の方は誰だ。知ってるか」

円成寺が訊いても、覚兵衛は首を横に振るだけだった。

与太郎も唖然となった。拐かし一味と目星はつけたが、まさかこんな形で見つかるとは思ってもみなかった。しかも、一度は、銀平と一緒に辿り着いた船宿の近くで死んでいたとは、忸怩たる思いがあった。

「妙な塩梅になった、与太郎様よ……」

円城寺は疑心暗鬼に捕らわれたような目を、与太郎に向けた。

事件の顚末は円城寺は重々承知している。与太郎が必死に走り廻っているのも目の当たりにした。ゆえに、『丹波屋』に頼まれて身代金を運んだことは認めるが、

「本当はおまえも、拐かし仲間のグルだったのではないか」

と円城寺は疑ったのである。

「なぜ、そんなふうに思うのです。俺はとにかく刻限に間に合わせるために……」

「そこが引っかかるんだよ。本当なら手代が行くところ、六右衛門に頼まれたとはいえ、おまえが自ら身代金を運んだ。仲間じゃなきゃ、わざわざ、そんなことをするまい」

「何のために」

「千両を手に入れるためなら、あれくらい走り廻る大芝居をしても疲れまい。しかも、わざわざ『船善』まで新作を訪ねてる。それも、自分が疑われないためじゃないのか」

「新作のことは、たまさか知ったのだ。まるで俺が仕組んだとでも言いたげだな」

「だとすれば筋が通るのだ」

円城寺は自信に満ちた目つきになって、

「千両はまんまと川船で盗まれた……ということで大騒ぎだ。そして、今度は拐かし一味は『丹波屋』と『丹後屋』を間違えたのではないか、などと言い出した……臭う。ぷ

んぷん臭うぜ」

と与太郎の首の辺りに鼻をつきつけてから、

「――男のくせに意外といい匂いがするな。もしかして、あの女と出来てるのか」

「あの女……？」

「小耳に挟んだのだが、あの船宿に訪ねて来た女がいたらしいな」

「よく知ってますね」

と言ったが、与太郎はお恵のことは出さずに、

「此度の一件は厄介続きだが、俺が仲間とまで疑われては立つ瀬がない」

与太郎はそう言いながらも余裕で笑みを洩らしていた。

銀平は船宿にいた中年男のことを、調べているはずである。それをもとに、お恵にもじわじわ迫っているはずだ。もっとも、お恵が拐かし一味とは、与太郎はみじんも思ってはいない。だが、何か重大なことを知っているはずだ。

そんな中で、鍵を握っているかもしれない男と女がかような目に遭うとは、与太郎はなんともやりきれなかった。千両を奪われたとしても、すぐに相手を捕らえていれば、ふたりに危害は加えられずに済んだかもしれぬ。もっとも、その時は、美代の命が一番だったから下手に動くことはできなかった。

まだ何か裏がある。新作がかような目に遭ったことが、それを物語っている。

「円城寺の旦那……新作は隠し賭場に出入りしていたそうだから、拐かしの仲間とはそこで知り合ったのかもしれない。そこも探し出して、探索した方がいいと思うがな」

与太郎がそう言ったとき、「お邪魔しやすよ」と銀平が腰を折って入って来た。

「円城寺の旦那。その船頭を狙ったかもしれねえ男の素性が分かりやした」

「なんだと……どうして、おまえが……」

「此度の拐かしは、『蒼月』の女将にとっては義弟絡みだ。与太郎の旦那が身を粉にして働いているのを見て、手伝いたくなりやしてね」

「まさか、おまえも拐かしの仲間じゃあるまいな」

「え……？」

銀平が何を言い出すのかと睨むと、円城寺も睨み返して、

「どうやら、その新作が脅し文を駕籠《かご》舁きに届けさせたようなのだが……間抜けなふたりは相手を間違えたようだ」

「………」

「お陰で、与太郎殿が江戸市中を走り廻ることになったようだが、結果として、拐かし一味に千両の金が渡った。そこんところが、上手く出来すぎてるから、俺は与太郎殿も一枚嚙んでると思ったまでだ」

「それは、あり得ません」

「まあいい。それより、誰だその船頭を狙った奴とは」

「へえ……深川の入船町《いりふねちょう》に住む歳松《としまつ》ってえ大工でした。材木置き場の近くでさ。もっとも大工といっても、もう何年もろくに仕事はしてないらしく、前に世話になってた棟梁《とうりょう》からも匙《さじ》を投げられたとか」

「何をしたのだ」

「博奕三昧で借金まみれ……まあ、よくある話でさ。彫り物をしてて喧嘩っ早い奴らしくて、近所でも厄介者らしいですぜ」

与太郎は黙って聞いていたが、銀平は落ちついた口調で、

「ですから、円城寺の旦那……そいつを調べてみれば、すべてが分かると思いやす」

「ふむ……」

「言っておきやすがね、与太郎さんが仲間だなんて、とんだ見当違いですぜ」

「余計なことは言わなくていい」

円城寺はニタリと笑って十手を突きつけた。

「たしかに与太郎殿が、千両を運んでいるのは俺も見ていたがな。途中で見失って、本当のところは分からない。すべては、こいつの狂言だとも言えなくもない」

と言ったが、銀平は助け船を出すように、

「それが見当違いってんですよ。拐かし一味なら、わざわざ人目につくようなことはし

ないと思いやすがね」

「さあ、どうだかな。最高の目眩《めくら》ましだ」

見下したように円城寺が言うと、与太郎は落ち着いた態度で、

「銀平さん……やっぱり円城寺さんを頼ったのが間違いだったたな。後は俺たちで始末をつけようではないか」

と事もなげに言うと、銀平の背中を軽く叩いて表に出ていった。

「おい。待てよ」

円城寺が止めようとしたが、与太郎は振り返って、

「逃げも隠れもしないよ。人質はどっちも帰ってきてるんだから、後は拐かし一味を捕まえるだけのことじゃないかな」

「――え、人質はどっちも……？」

「この拐かしには、『丹波屋』も『丹後屋』も深くは関わりがない。この新作もおそらく利用されただけだろう。キチンと調べて報せるから、円城寺さんの手柄にすればよい。分かったたな」

与太郎は淡々と言って出ていくと、銀平も後を追った。

見送っていた円城寺は、腹立ち紛れに、

「何様のつもりだ」

と傍らの柱を思い切り叩いた。

与太郎と銀平は歩きながら、此度の一件を振り返っていた。

どうやら、拐かし一味は脅す相手を勘違いしたようだが、新作が『丹後屋』の実世を出合茶屋に連れ込んでいた間に、事を起こしたのは間違いない。

「その仲間が、大工の歳松……というわけでさ」

銀平はその居場所にも目星をつけているという。今も〝ムササビ小僧〟として、江戸市中を駆け抜けていて裏渡世の仲間もいるから、お手の物なのであろう。

「それにしても、銀平。女将のお恵と歳松とやらは、どんな関わりなのだ」

「あっしにも何も語りやせん。どうやら、昔、芸者だった頃に色々とあったようですがね……それも事件が片付けばハッキリしやすでしょう。ただ……」

「ただ……？」

「女将さんが拐かしに関わっているとは思えやせん」

「そうだな。俺もそう思う」

「第一、女将さんなら、脅す相手を間違えるわけがないじゃないですか」

「だな……しかし、拐かしのことを知って、歳松を庇っているとしたら、それはそれで罪だ。なんとかしないとな」

「へえ……」

「それにしても……世の中というのは、色々と厄介な事が多いのだな。箱根の山の中で暮らしていた頃には、思いもよらなかった」

与太郎は柄にもなく、江戸で垣間見た世相というものが気になった。

「爺っ様には、人が集まれば諍《いさか》いが起こるから、ずっと山の中で生きててもいいが、世の中悪いことばかりじゃない。ちょっとくらい世間の風ってやつに吹かれてきてもいい……なんて言われてたが、爺っ様が死ぬまで側にいた」

「…………」

「ただ人助けをしたかっただけなのに、円城寺の旦那には拐かしの仲間だと思われる。如何《いかん》ともし難いものだな」

「円城寺の旦那がおかしいだけですよ。あんな悪意に満ちた人ばかりじゃありやせん」

「まあ、そうだがな。みんな自分のことだけで精一杯で、それでも一生懸命頑張ってるのに、時に拐かして金を奪うなんてことを考える輩が出てくる。それがやるせないな」

「そういうものです」

「だが、もし政事がしっかりしていれば、貧しい者や弱い者をキチンと救う手立てを講じておれば、無用な争い事や罪は減るのではないのかな」

「はは。それこそ与太話ですよ、旦那……世の中には、金があって恵まれた暮らしをしてても、殺しや盗みをする輩はおりやす。時に、自分が苛々しているだけで、人殺しをするとんでもねえ奴もいやすからね。けど、それも人の性《さが》ってやつかもしれやせんぜ」

諦観したように語る銀平の横顔を、与太郎はチラリと見て、

「おまえも不思議な奴だな」

「そうですかね」

「悪いことをする奴にはそれなりに訳があるはずだ。飢饉や天災が続いて、世情が揺らいだら、誰でも不安になるだろう。そしたら、公儀に対する不満も高まるだろうし、それゆえ時に、民百姓が立ちあがることもあったというではないか」

「まあね……」

「百姓の暮らしを安定させ、土地に縛りつけるのがすべて良いとも思わぬ。水野忠邦様のように御定法で帰農させて作物作りを励ますのもどうだかな。江戸町人に対して、綱紀粛正だのなんだのを強いるような施策も、やりきれなくて不満が出てくるだろうに」

与太郎がそこまで言うと、銀平はアハハと大笑いした。

「だったら、与太郎様が良い世の中にしてやっておくんなせえ」

「いや、俺は無理だな。土台が怠け者だ」

「ハハ、そうでしょうとも……とにかく、世の中がどうであれ、歳松みたいな輩は許せねえ。どうでも俺がとっ捕まえますよ。白を切っても、グウの音も出ないように絞って

やりやす」

「意気込みはいいが、乱暴はよくないな」

「仲間を刺すような奴に遠慮はいりやせんよ。話しても分からねえ奴も、案外と多いんでございますよ、若様」

少しからかうように「若様」と言って笑うと、銀平は先へ進んだ。

七

深川木場《きば》の先、洲崎《すざき》の浜に船小屋《ふなごや》がポツンとあった。目の前は江戸湾で、宵闇が広がる波の上には漁《いさ》り火《び》が点在し、遥か向こうには江戸の町灯りが浮かんでいる。

普段は誰も使っていない船小屋なのか、粗末な薄い壁は海風を遮断することなく、室内の蠟燭灯りは怪しげに揺れていた。

板間には火鉢があって、その前にデンと腰掛けている男が煙管《キセル》に火をつけた。羽目板を上げた窓の外に見える漁り火をぼんやりと眺めながら、実に美味そうに煙を吐いた。それを何度か繰り返して、

「波は意外と静かだな……」

と片隅で何やら作業をしている若い男に声をかけたこの男は、歳松である。船宿で、

お恵と〝密会〟していた商家の旦那風の中年男だ。

「どうだ。上手くいきそうかい」

歳松が訊くと、ようやく作業を終えたのか、若い男は円盤のような器具を見せて、満足そうに笑みを洩らした。

「これで櫓柄《ろづく》と櫓綱《ろづな》がしっかりと繋がるので、少々の波でも早く漕げますよ。夜のうちに一気呵成《いっきかせい》に、上総まで行けやすぜ」

「ありがとうよ。助かった」

煙管を吹かす歳松を、若い男は不審げに見て、

「でも歳松さん……棟梁に挨拶もしないで江戸から離れるって……何か厄介事にでも巻き込まれたんですかい」

「大工仕事をしていた時には、おまえにも色々と世話になったな」

と歳松は十両ばかりの金を手渡した。

若い男は吃驚して歳松の顔をまじまじと見たが、

「そんなに驚くことはあるまい。ちょいと博奕で勝ってな。俺にもそろそろ運が向いて来たかもしれねえ」

「さいですか……」

「おまえは俺と違って腕のいい大工だ。女房でも貰ってよ、もっともっと技を磨くがい

いぜ」

「へ、へえ……」

「酒の一杯くれえ付き合いたいが、そういう気分でもねえ。達者でな」

「本当に、いいんですかい？」

小判を大切そうに持った若い男が訊くと、歳松は微笑んで頷いた。若い男は「では、遠慮なく」と頭を下げて、漁師小屋の外に出ていった。

歳松はまた煙管を吸いながら、溜息をついた。

しばらく波の音に耳を澄ませながら壁に凭《もた》れていると、しぜんと扉が開いて海面に燦めく月の光が目に飛び込んできた。

「長居《ながい》は無用だな……」

歳松がひとりごちたとき、小屋の表に人影がふわりと幽霊のように現れた。一瞬、吃驚したが、相手が誰か分かったのか、優しく声をかけた。

「よく来たぜ。まさか来るとは思わなかったけどよ」

扉の外に立っているのは、綺麗に着飾ったお恵だった。その美しい横顔に月の光が射している。

「今宵はふたりの船出と洒落込《しゃれこ》むかい」

お恵はゆっくりと船小屋の中に入ると扉を閉めて、

「歳松さん……あなたは船宿での約束を守ってくれなかったんですねえ」

と寂しそうな顔で声をかけた。

「『丹波屋』で事件が起きたとき、もしや……とあなたの顔が浮かんだ。芸者だった私を身請けした『丹波屋』には、かなりの恨みを抱いているでしょうからね」

艶やかな目になったお恵は、まるで悔やんでいるように、

「夫婦約束をしていたあなたを捨てた私のことも、殺したいほどなんでしょ」

「もういいよ、その話は。古過ぎて、忘れちまってたぜ」

歳松が煙管をポンと火鉢に叩きつけると、

「黙って千両を『丹波屋』の店の前にでも返しておけば、罪はなかったことになるのに……そもそも『丹波屋』が払わなければいけないお金ではないのに」

「何を今更……この際、『丹波屋』だろうが、『丹後屋』だろうが、どっちの金でもいいやな。おまえの言い草を借りれば、『丹波屋』が誰かのために落っこどした金を、俺は拾っただけだ」

「拾ったものなら番屋に届けなきゃ」

お恵が静かに言うと、歳松は面倒臭そうに煙管の煙を吐いた。

「新作という船頭が殺されかけたのは知ってるかい」

「え……？」

歳松がギラリと目を向けると、お恵は側に寄りながら、

「連れの女も一緒らしいけど……もし歳松さんがしたことなら、大変なことだよ」

「おまえ……なんで、そんなことまで知ってるんだ」

「一応、『丹波屋』の身内みたいなものですからね。色々と耳に入ってきますよ……どうして、新作さんを……」

「あいつは、実世という小娘を一晩、店から引っ張り出すための道具だ。惚れた弱味に付け込んでってやつだ……どうやら間抜けな駕籠舁きが『丹後屋』と『丹波屋』を間違えたところから、妙な塩梅になったんだ」

今更ながら、歳松が文句を言うと、お恵が言い返した。

「でも、『丹後屋』から千両を奪ってたら、新作さんはすぐに疑われたんじゃないですかねえ……『丹波屋』だったから、上手い具合に目眩ましになったんですよ」

「怪我の功名ってやつか」

フンと歳松は鼻で笑ったものの、

「それはたしかに、そうだな……北町の同心らも明後日《あさって》の方を向いてたからな……『丹波屋』六右衛門もなんだか知らねえが、店子の子供のためだとか。てめえの娘でもないのに、阿呆な話だぜ」

と言ってから急に不安な表情になって立ちあがった。

「――おめえ……俺を売るつもりじゃないだろうな。一緒に逃げるために来たんじゃねえのか」

「私が誰から逃げなきゃいけないんです」

「…………」

「お金さえ『丹波屋』に返してくれれば、何事にもならなかったはず。そんなに賭け事でお金が困っているのだったら、それこそ私が六右衛門さんに頼めば、どうにかできたのに……」

「ふん……別れた女の世話にはならねえよ」

「この期に及んで人を刺すなんて……」

歳松はお恵を軽く押しやると、

「大丈夫だ。おまえは刺したりしねえ。新作は欲を出して、千両を独り占めしようとしてな、奴の方が俺を殺そうとしたんだよ。調べりゃ分かる。匕首はあいつのだ」

「でも、連れの女にまで手をかけた……」

何も答えず、じっと見据えていた歳松は苦笑いして、

「お恵……何度も褥《しとね》を共にした女だ。情けが残ってねえといえば嘘になるが、おまえはおまえ、俺は俺……同じ川の流れに浮かんでいたが、海に出りゃ離れ離れだ」

と役者でも気取ったように言って、表に出ていった。

そこには——与太郎が立っていた。

「聞かせて貰ったよ」

「よ、与太郎さん、どうしてここへ……！」

お恵の方が驚いて、まるでお化けでも見たかのように怯《ひる》んでいる。歳松の方はなんとなく気配を察していたのか、ジタバタして逃げる様子もなく、お恵を振り向いて、

「心配するねえ。おまえが手引きしたとは、みじんも思っちゃいねえよ」

と冷笑した。

与太郎は歳松に向かって、穏やかな声で言った。

「目黒不動で会ったよな。あの時、『丹後屋』と声をかけてきたから、変だなと思ってたんだ。それにしても、あそこから千住の外れまで走るのは難儀だったぞ」

「………」

「だが、女将さんが言うとおり、黙って金を返しておけば、何事もなかったことにできたかもしれぬが……人殺しまでしては、間違いでしたでは済まぬな」

「——人殺し……？」

人殺しという言葉を聞いて、お恵はさらに吃驚して、まじまじと歳松を見た。

「新作は息を引き取ったよ」

「そ、そんな……」

「女の方は、なんとか命を取りとめて、新作に頼まれたと話したぞ。千住宿外れの茶店に桐箱を届けたとな……すべては、おまえの指図だ。手伝った仲間も殺すとはな」

愕然となるお恵に、歳松は優しく言った。

「おまえのせいにするわけじゃねえが、お恵と離れてから、なんとなくツキに見放されたように何もかもが上手くいかなくなった」

「………」

「昔は俺も大工としてそれなりの稼ぎがあったし、棟梁にも可愛がられてたから、おまえともよく遊んだな……あれは夢か幻か。いや、てめえがだらしがなかっただけか」

もはや逃げられまいと覚悟したように、歳松はお恵の顔をまじまじと見て、

「到底、おまえを幸せになんざ、できる男じゃなかったんだ」

「歳松さん……」

「間抜けな話だぜ……でも、間違って『丹波屋』に脅し文を届けたと分かったときには、おまえを奪った大店に一泡吹かせることができる。そう思ったのも確かだ」

「………」

「だがよ。あっさり千両を出しやがった。てめえの娘のことでもねえのによ……後でそれを知って俺は、おまえが惚れた男の弟も立派なもんだと思ったぜ……そしたら、俺は自分が情けなくて、情けなくて……迷惑をかけたな、お恵……」

歳松はその場に座り込んで、俯いてしまった。

与太郎はあくまでも冷静に見下ろし、

「そう思ったのなら、やはりお恵の言うとおりにすべきだったな。取り返しのつかぬことをしたな、歳松」

と言うと、歳松は観念したように頷きながら、嗚咽した。そして、「お恵、すまねえ」と何度も謝りながら号泣に変わるのだった。

目の前の江戸湾を照らす月明かりに、しだいに荒れてきた波が燦めいていた。

八

与太郎が美代の手を引いて、〝おたふく長屋〟に戻ってきたのは、その翌朝のことだった。お蝶も一緒である。もちろん、亀助とお鶴には、自分の武家屋敷で預かっていると伝えていた。

美代は二親に会ったとき、素直に「ご免なさい」と謝った。すると、お鶴はひしと抱きしめながら切々と、

「ごめんよ、お美代……叱ってばかりで悪かったね。でも、おまえは本当に私がお腹を痛めて生んだ子だよ。お父つぁんだって当たり前だけど、おまえの本当のお父つぁんだ

からね」

と念を押した。

「ああ、間違いない。ふたりの可愛い娘だ。怒ってばかりで辛かったんだね。ごめんね。これからは叱らないから、何処にも行かないでおくれ。お願いだよ」

お鶴は涙を溢れさせながら言った。

「い、痛いよ……お母さんの腕は太いから……苦しいよ……」

身を捩る美代を見ていて、

「拐かされたと勘違いしたときと同じだな」

と誰かが笑うと、集まってきていた長屋の連中はつられて大笑いした。いずれにせよ、大事なくて良かったとみんな安堵してた。

ほんわかした雰囲気が広がったところへ、六右衛門が来て、お金が戻ってきたからお裾分けだと、鯛の尾頭付きや赤飯、団子や煎餅などが山ほど届けられた。

馬鹿息子の八十助と真面目な手代たちが運んできたのだ。

「お陰様で無事に事件はすべて解決した。これも与太郎さんのお陰だ……あれ、与太郎さんはいないのかい」

六右衛門が訊くと、逢坂錦兵衛が申し訳なさそうに、

「実は、俺が長屋から出ていけって言ったものだから、まだそれを気にしていたのか、

今度こそはと立ち退《の》いたのだ」

「ええ……！」

他の長屋の連中も吃驚した。

「なんで、そんなことを言うんだよ、逢坂の旦那」

「此度の拐かし騒動でも、あれだけ走り廻った立役者じゃないか」

「旦那も酷いことを言うよなあ」

「そうだよ。加奈ちゃんだって可哀想じゃないか」

「なにより、与太郎の旦那がいなくなると寂しいよ。子供たちだって、そうだろ」

おかみさんたちが次々に声をかけると、子供たちも「そうだ、そうだ。一番遊んでくれるのは、与太郎さんだ」と騒いだ。

六右衛門はまあまあと落ち着かせ、改めて与太郎を呼び戻すと言ってから、

「此度は運良く片付いたが、またぞろ悪い奴が来ないとも限らないから、みんな日頃から気をつけるのだよ。私も他の地所や長屋も含めて、手代たちや自身番の番人、町火消らにも見廻りを頼んでいるが、子供たちも親に心配かけないようにな」

と訓辞めいたことを話した。

和気藹々《わきあいあい》と井戸端に設《しつら》えた縁台で、大人も子供も入り混じって食べ始めたとき、木戸口から、大きな簪をつけた町娘が入ってきた。『丹後屋』の娘、実世だということを、

六右衛門はすぐに分かったが、なぜか八十助が、

「あやや！」

と奇声を上げて立ち尽くした。

「なんだ、おまえは……」

六右衛門が八十助の頭を軽く小突くと、実世はクスリと笑って、

「この度は、私と間違えられたここの美代ちゃんのことで、色々とご迷惑をおかけしました。改めて、お詫びを申し上げげます」

と言うと、後ろからついてきていた父親の儀右衛門も深々と頭を下げた。

「六右衛門さん、此度はとんだ……」

「いえいえ。困ったときはお互い様です。本当に何事もなくてよかった」

「はい。実世もとんでもない男に惚れてしまって、悔やんでおります」

「ええ、大変な目に遭ったけれど、娘さんは何事もなかった。良かったじゃないですか。儀右衛門さんも心配だったでしょうが、二度と悪い男に引っ掛からないように、気をつけてあげなければなりませんね」

労《いたわ》るように六右衛門が言うと、横合いから八十助が首を突っ込んで、

「ど、どういうこと……なに、ええ？」

かくかくしかじかと、かいつまんで話を聞いて驚いた。

今更ながら、勘違いの拐かしが行われていたと、八十助は納得したのだ。

「だったら、親父。この実世さんが拐かされたのだったら、俺が千両、いや、店をぜんぶ売り払ってでも助けてましたよ」

大声で八十助が言うのを、長屋の連中も何事かと見ている。

六右衛門は呆れ顔で責めるように言った。

「なんだ、おまえは……長屋の子のために金を払うなんてと文句を言ったくせに」

「あいや、そうじゃなくて、俺は……昔から、その……『丹後屋』の実世さんのこと好きで……あ、大好きで……嫁に貰いたいと心から、お……思ってたのです」

しどろもどろになって告白する八十助の言葉を聞いて、長屋の一同は、「えええ？」と声を洩らした。明らかに否定的な声だったが、

「まあ、蓼《たで》食《く》う虫も好き好きだからな」

と松吉が洩らすと、小梅にバシッと背中を叩かれた。

すると、儀右衛門が恐縮したように、

「ええ、それなんですが……娘はどうしても、『丹波屋』さんにお願いがあるといって、店を訪ねたのですが……」

長屋にいるというので来たという。

「私に頼み事……それは、なんでしょう」

「ぜひ、嫁になりたいと」

「えっ……」

「実世の方も気持ちが固まったと……ならば私も『丹波屋』と『丹後屋』は同じ米問屋でもありますし、よく間違われるし、此度も勘違いされましたしね。この際、ひとつになってもよいのでは、と思いましてな」

「うちと、ですか」

「はい。なんだかんだといって、実世を誑《たぶら》かして、うちの身代を狙っている輩は幾らでもおります。その手合いに狙われぬよう、おたくと一緒になれば、うちには男の子はおりませんので店も安泰です」

その話を聞いていた八十助は、飛び上がらんばかりに喜んで、

「実世さん。馬鹿息子は返上します。俺は喜んで、あなたを一生かけて幸せにします。本当です。身を粉にして働き、馬鹿息子は返上します」

と今度は、しっかりした口調で言った。

すると、実世は頬を真っ赤にしてはにかみながら、

「与太郎様はいらっしゃいますか」

「えっ……？」

「私、此度の与太郎様の活躍振りを知って、与太郎様のお嫁さんになると、心に決めた

のでございます」

途端、儀右衛門と八十助は勘違いに驚いたが、長屋の面々からは「やっぱりな」と安堵の溜息が出た。

だが、加奈だけはズイと実世の前に立つと、キッパリと断った。

「それは無理です。私という許嫁《いいなずけ》がおりますから」

ふだん、そのような口をきく加奈ではないが、憤怒の表情ですらある。

これがキッカケとなって、今までの和やかな雰囲気は壊れてしまい、長屋の連中も「関わるのはやめとこう」とばかりに、それぞれが赤飯や団子などを持って部屋に帰るのだった。

加奈からすれば、お蝶に加えて新たな敵が現れたのだから、まさに袖を捲《まく》っての臨戦態勢であった。さしもの逢坂も、娘のこととはいえ、知らぬ顔を通した。

その頃——。

与太郎は『蒼月』の表に来ていたが、店の中では銀平と一緒に、お恵はいつものように朗らかな顔で、暖簾を出す前の準備をしていた。どこか吹っ切れたのであろう。銀平は多くを語らず、人質も無事だったことから、これまでどおりに仕事をしていた。

ふたりの姿を見て安堵した与太郎は、〝おたふく長屋〟でひと騒動が起こっているとも知らずに、ぶらりと日本橋に足を運んだ。

いつものように長く続く本通りの大店の甍《いらか》の向こうに聳える、雄大な富士山を眺めながら、大きく背伸びをするのだった。

解説

細谷正充

人気作家・井川香四郎の文庫書き下ろし新シリーズの第二弾『与太郎侍　江戸に花咲く』が、早くも刊行された。第一弾の『与太郎侍』の出版が、二〇二二年八月だから、半年も経《た》たないうちの御目見得《おめみえ》である。このスピード、嬉《うれ》しいねえ。当然のことだがシリーズ物は、巻を重ねるごとに物語世界が厚くなり、魅力を増していく。ベテランの作者は、このことを熟知しているのだろう。だからこそ間を空けずに、本書を上梓《じょうし》したのである。とはいえ、いきなり本書を手にした読者もいるはずだ。そこでまず前作の紹介をしておきたい。

主人公の名前は古鷹恵太郎。箱根の山で一緒に暮らしていた祖父の甚兵衛《じんべえ》が亡くなったことで、山を下りて旅に出た。訳あって、真っ赤な女物の丹前を着て、大磯の海辺をふらふら歩いていた彼は、浪人らしき男たちと揉《も》めたり、何者かに襲われていた公儀隠密を助けたりする。世間知らずでお人好《ひとよ》し。いつも明朗快活な恵太郎だが、自分を尾《つ》けてきたお蝶という女の存在に気づいたり、浪人らしき男たちを中条流《ちゅうじょうりゅう》の腕であしらったりと、なかなかデキる人物だ。そんな彼は、小田原藩支藩の荻野山中藩の家老の血を引いている。物語前半の騒動を経て、荻野山中藩の江戸家老になった恵太郎。たどり着いた江戸でも騒動にかかわり、日本橋新右衛門町にある〝おたふく長屋〟で暮らすことになる。長屋の住人から、与太郎と呼ばれるようになるので、ここから解説も与太郎と書くことにしよう。

もともと彼を与太郎といったのは、旧知の二宮尊徳であり、そこには深い意味がある。詳しく知りたい読者は、前作を手に取ってほしい。浪人者の逢坂錦兵衛と娘の加奈を始めとする長屋の住人。小料理屋『蒼月』の女将・お恵と、義賊の板前・銀平。北町奉行所定町廻《じょうまちまわ》り同心の円城寺左門と、岡っ引の紋七。町医者の松本順庵……。馴染《なじ》みの顔も増えて、与太郎の周囲も賑《にぎ》やかになってきた。そんな与太郎侍が、今度はどんな騒動にかかわるのであろうか。

本書は全四話で構成されている。第一話「子返し天神」は、日本橋の真ん中で日課の大声を上げていた与太郎が、子返し天神という神社を探している、お絹という内儀風の女性と出会う。お絹を手伝おうと、通りかかった人に片っ端から神社の場所を尋ねるところが与太郎流。もちろん、それで分かるはずもない。自身番に行き、紋七から、南茅場町の楓川天神のことではないかといわれる。神社の宮司は、易者の白井仁内という人物で、神隠しにあった子供を探し出すのが得意なので、子返し天神と呼ばれているそうだ。

川越宿で小さな茶葉問屋をしていたお絹だが、娘が亡くなると婿の兼蔵が孫の孝助を連れて家を出てしまった。お藤という女と江戸で暮らしているという噂《うわさ》を聞いた彼女は、なんとか孫を取り戻そうとやって来たのである。だが与太郎は、宮司や南茅場町の人たちの態度に、怪しいものを感じるのだった。

宮司の力は本物なのか。孝助はどこにいるのか。ふたつの重要なポイントを織り交ぜながら、ストーリーは軽快に進み、与太郎が活躍する。物語の組み立てと、その中で主人公を躍動させる手練は、さすがベテラン作家というべきだろう。

さらに登場人物の行動が、単純な善悪で割り切れないことにも注目したい。宮司の力には裏があるのだが、稼いだ金を町のために使うなど、私利私欲だけで動いていたわけではない。また、子供を手荒に扱う蕎麦屋《そばや》の夫婦に与太郎が怒りを見せるが、すぐ後に、迷子たちのセーフティネットの役割をしていることが明らかになる。江戸では子供の迷子が多く、そのまま神隠しのように消息を絶つことも少なくない。こうした事実を踏まえながら、善悪の入り混じった江戸という都市を表現しているのだ。

続く「女船頭唄」は、船頭に扮《ふん》した銀平が、勘定組頭の黒沼亥一郎と札差『越前屋』久左衛門の癒着を知る場面から始まる。義賊〝ムササビ小僧〟の銀平は、悪党退治をする与太郎に惚《ほ》れ込んでおり、密偵まがいのことをしているのだ。漕《こ》いでいた屋形船が、貸し倉を営んでいる『美乃浦』の艀《はしけ》とぶつかり、騒動となったことを奇貨として、銀平はさっさと逃げ出す。

官民汚職の尻尾は摑《つか》んだ。ところが『越前屋』が火事になり、久左衛門が焼死してしまった。久左衛門を助けられなかった町火消〝十番組と組〟の頭の長五郎が、町名主たちの怒りを買い、町火消を辞めさせられそうになる。しかし火事は放火であり、久左衛門は殺された可能性があることが分かってくる。長五郎が『越前屋』から三百両の借金をしていると知った円城寺は、彼を下手人だと疑うのだが……。

与太郎をうさん臭く思い、嫌味な態度を取る円城寺は、シリーズの憎まれ役といっていい。実際、本作でも長五郎を疑い、与太郎たちと対立する。だがその後、黒沼が怪しいと理解した彼は、屋敷に乗り込むのだ。定町廻り同心として、ギリギリのところまで黒沼を追及する円城寺に、確かな気骨が感じられた。こうした意外性が、人物の厚みになっているのである。

さらにいえば、本作の長五郎や『美乃浦』の女将は、ワルだった若い頃を反省して、今は人様のために生きている。第一話もそうだが、人の心も生き方も、すっぱりと善悪で割り切れない。ここが本書を貫く、ひとつのテーマといっていいだろう。

一方、ストーリーに注目すると、予想外のどんでん返しに驚かされる。ミステリーではよくあるトリックだが、ここでそれを使ってくるとは！　与太郎と同じく、ビックリ仰天である。

第三話「咲かない女」は、逢坂錦兵衛が主役だ。円城寺の口利きで、奉行所の見習いとなった逢坂だが、それをさぼって、おりんという女の暮らす庵《いおり》に出入りしていた。おりんは老中・水野忠邦の妾《めかけ》である。いったい逢坂に何があったのか。今までと違う彼の行動を心配した与太郎たちが動き出す。そんなとき、阿片《あへん》絡みの事件で佐渡送りになった、おりんのかつての恋人が、彼女の前に現れるのだった。

そもそも与太郎が〝おたふく長屋〟で暮らすことになったのは、逢坂父娘《おやこ》と縁が出来たことによってだ。与太郎たちと一緒に悪党退治をしたこともあり、仲は良好である。おりんが与太郎にいう、「逢坂様から聞いております。長屋でぶらぶらしているけれど、本当は凄《すご》い御方《おかた》で、強きを挫《くじ》き弱きを助ける名人だって」という言葉が、逢坂の与太郎に対する素直な気持ちであろう。ところが今回の騒動で、与太郎が荻野山中藩江戸家老・古鷹恵太郎であることがバレてしまう。お蝶のことを妹だと紹介していたのも嘘《うそ》であった。いうまでもなく与太郎に悪気はない。しかし彼を好ましい男だと思っていただけに、逢坂は裏切られたという思いを、強く抱いてしまったのだ。その結果、与太郎と仲たがいすることになる。レギュラー陣の関係だって、どうなるか分からない。実に油断のならないシリーズなのだ。

また、阿片絡みの事件で、北町奉行の遠山景元と、南町奉行の鳥居耀蔵が対立する点も見逃せない。近年では人間味豊かに描かれることもある耀蔵だが、本シリーズでは悪役だ。これから耀蔵や景元が、どのように扱われるのか。スケールの大きな騒動が期待できそうである。

なお余談になるが、本作に焼津の半次という男が登場したので、つい噴き出してしまった。テレビ時代劇を好きな人ならご存じだろう。近衛十四郎《このえじゅうしろう》主演の『素浪人月影兵庫《すろうにんつきかげひょうご》』『素浪人花山大吉』で、月影兵庫や花山大吉の相棒的な立場にいた渡世人の名前が、焼津の半次というのだ。演じていたのは品川隆二《しながわりゅうじ》。二枚目俳優だったが、三枚目を演じて、新たな人気を獲得した。ドラマは、本シリーズと通じ合う明朗痛快な時代劇であり、だからこそこの名前を登場人物に起用したように感じられる。

ラストの「勘違いだらけ」は、なぜか米問屋『丹波屋』の印半纏《しるしばんてん》を着た与太郎が、千両の金の入った風呂敷包みを背負って走っている場面から始まる。いったい何事かと思ったら、誘拐事件の身代金《みのしろきん》の運搬をしていたのだ。ただし事情は複雑である。『丹波屋』の主人・六右衛門の娘の美代を預かった、身代金は千両という投げ文があった。しかし六右衛門に娘はいない。行方不明になっているのは、〝おたふく長屋〟で暮らす左官の娘・美代であった。何らかの勘違いで、『丹波屋』の娘と思われた美代が誘拐されたのではないか。

という発端で気づく人もいるだろうが、本作は黒澤明《くろさわあきら》の映画『天国と地獄』が発想の原点になっている(『天国と地獄』が生まれる切っかけとなった、エド・マクベインの小説『キングの身代金』の可能性もあり)。この映画以降、日本でも間違い誘拐を題材にしたミステリーが幾つも書かれている。それを作者は、いかに料理したのであろうか。詳しくは述べないが、勘違いの連続から生まれた意外な展開が楽しめた。

そして『蒼月』の女将が怪しい動きを見せ、与太郎は彼女を疑うことになる。逢坂錦兵衛に続き、今回でもレギュラー陣が、予想外の人間性を露《あら》わにするのだ。シリーズ第一作では周囲を振り回すことの多かった与太郎だが、本書では彼の方が振り回されがち。ここに作者の狙いがある。箱根の山で単純明快に生きてきた与太郎だが、たくさんの人々の人生と思惑が交錯する江戸では、はっきりと白黒の決着をつけることが難しい。そのことを分かってきた与太郎が、いかにして自分の生き方を貫くのかを、作者は問うているのだ。

だが、本書のラストを見ると、与太郎の明朗な気質が失われることはないようである。それは彼が、人間は信じるに値すると思っているからだ。人生は楽しいと思っているからだ。第一作の解説で私は『与太郎侍』に、山手樹一郎《やまてきいちろう》の『夢介千両みやげ《ゆめすけ》』の影響を強く感じると書いた。その意見は本書でも変わらない。かつて山手は、『夢介千両みやげ』を始めとする明朗時代小説で、戦後の厳しい世相を生きる日本人に夢と希望を与えた。今、井川香四郎は、さまざまなことで未来に不安を抱く日本人に夢と希望を与えるために、令和の明朗時代小説を書いている。本シリーズは、そのような作品なのだ。

（ほそや・まさみつ　文芸評論家）

本書は、集英社文庫のために書き下ろされた作品です。

この作品には一部実在した藩や人物が登場しますが、フィクションであり、史実とは異なる部分があります。

本文デザイン／山本　翠
本文イラスト／井筒啓之

集英社文庫　目録（日本文学）

有吉佐和子　花ならば赤く
安東能明　聖域捜査
安東能明　境界捜査
安東能明　伏流捜査
伊岡瞬　悪寒
伊岡瞬　不審者
井形慶子　運命をかえる言葉の力
井形慶子　英国式スピリチュアルな暮らし方
井形慶子　イギリス人の格　「今日できること」からはじめる生き方
井形慶子　日本人の背中　欧米人はどこに惹かれ、何に驚くのか
井形慶子　好きなのに淋しいのはなぜ
井形慶子　ロンドン生活はじめ！　50歳からの家づくりと仕事
井形慶子　イギリス流　輝く年の重ね方
井川香四郎　与太郎侍
井川香四郎　与太郎侍　江戸に花咲く
生馬直樹　雪と心臓

池寒魚　隠密絵師事件帖
池寒魚　ひとだま　隠密絵師事件帖
池寒魚　赤心　隠密絵師事件帖
池寒魚　いきづまり　隠密絵師事件帖
池寒魚　画鬼と娘　明治絵師素描
池井戸潤　七つの会議
池井戸潤　陸王
池井戸潤　アキラとあきら(上)(下)
池内紀　ゲーテさん　こんばんは
池内紀　作家の生きかた
池内紀　二列目の人生　隠れた異才たち
池上彰　これが「週刊こどもニュース」だ
池上彰　そうだったのか！　現代史
池上彰　そうだったのか！　現代史　パート2
池上彰　そうだったのか！　日本現代史
池上彰　そうだったのか！　アメリカ

池上彰　そうだったのか！　中国
池上彰　池上彰の大衝突　終わらない巨大国家の対立
池上彰　海外で恥をかかない世界の新常識
池上彰　池上彰の講義の時間　高校生からわかるイスラム世界
池上彰　池上彰の講義の時間　高校生からわかる原子力
池上彰　池上彰の講義の時間　高校生からわかる「資本論」
池上彰　そうだったのか！　朝鮮半島
池上彰　これが「日本の民主主義」！
池上彰　君たちの日本国憲法
池澤夏樹　写真・芝田満之　カイマナヒラの家
池澤夏樹　憲法なんて知らないよ
池澤夏樹　パレオマニア　大英博物館からの13の旅
池澤夏樹　異国の客
池澤夏樹　叡智の断片
池澤夏樹　セーヌの川辺
池田理代子　ベルサイユのばら全五巻

集英社文庫　目録（日本文学）

池田理代子　オルフェウスの窓全九巻
池永陽　走るジイサン
池永陽　ひらひら
池永陽　コンビニ・ララバイ
池永陽　でいごの花の下に
池永陽　水のなかの螢
池永陽　青葉のごとく　会津純真篇
池永陽　北の麦酒《ビール》ザムライ　日本初に挑戦した薩摩藩士
池永陽　下町やぶさか診療所
池永陽　いのちの約束　下町やぶさか診療所
池永陽　沖縄から来た娘　下町やぶさか診療所
池波正太郎　スパイ武士道
池波正太郎　天城峠
池波正太郎・選　日本ペンクラブ編　捕物小説名作選　一
池波正太郎・選　日本ペンクラブ編　捕物小説名作選　二
池波正太郎　幕末遊撃隊

池波正太郎　江戸前　通の歳時記
池波正太郎　鬼平梅安　江戸暮らし
伊坂幸太郎　終末のフール
伊坂幸太郎　仙台ぐらし
伊坂幸太郎　残り全部バケーション
いしいしんじ　よはひ
石川恭三　心に残る患者の話
石川恭三　定年の身じたく　生涯青春!をめざす医師からの提案
石川恭三　生へのアンコール
石川恭三　医者が見つめた老いを生きるということ
石川恭三　医者いらずの本
石川恭三　定年ちょっといい話　閑中忙あり
石川恭三　50代からの男の体にズバッと効く本
石川直樹　全ての装備を知恵に置き換えること
石川直樹　最後の冒険家
石倉昇　ヒカルの碁勝利学

石田衣良　エンジェル
石田衣良　娼《しょう》年《ねん》
石田衣良　スローグッドバイ
石田衣良　1ポンドの悲しみ
石田衣良　愛がいない部屋
石田衣良　空は、今日も、青いか?
石田衣良他　恋のトビラ　好き、やっぱり好き。
石田衣良　答えはひとつじゃないけれど　石田衣良の人生相談室
石田衣良　逝《せい》年《ねん》
石田衣良　傷つきやすくなった世界で
石田衣良　REVERSE《リバース》
石田衣良　坂の下の湖
石田衣良　北斗　ある殺人者の回心
石田衣良　オネスティ
石田衣良　爽《そう》年《ねん》
石田雄太　桑田真澄　ピッチャーズ　バイブル

集英社文庫

与太郎侍《よたろうざむらい》　江戸《えど》に花咲《はなさ》く

2022年12月25日　第1刷　　定価はカバーに表示してあります。

著　者　井川香四郎《いかわこうしろう》
発行者　樋口尚也
発行所　株式会社 集英社
東京都千代田区一ツ橋2-5-10　〒101-8050
電話　【編集部】03-3230-6095
【読者係】03-3230-6080
【販売部】03-3230-6393（書店専用）
印　刷　株式会社広済堂ネクスト
製　本　株式会社広済堂ネクスト

フォーマットデザイン　アリヤマデザインストア　　マークデザイン　居山浩二

ISBN978-4-08-744469-8 C0193